寒鸦 著

世已沉沦

"我们何去？"
"我们回倾墨阁去，好不好？"
十年的岁月，足够名将温和的东宫郡王雕琢成一代帝王。
可幸运的是，他的悲悯并没有被岁月磨磨掉。
那些苦难，没有摧毁他，却打磨出了璀璨的瑰宝。
"好。"谢太初笑，"我们回倾墨阁。"
一切都那么平和，温柔的情义如月光流淌在人的心头。再没有什么比这更美好的事情。

图书在版编目（CIP）数据

业已沉渊 / 寒鸦著. — 武汉：长江出版社，2023.12

ISBN 978-7-5492-8915-8

Ⅰ.①业… Ⅱ.①寒… Ⅲ.①长篇小说－中国－当代 Ⅳ.①I247.5

中国国家版本馆CIP数据核字（2023）第096671号

业已沉渊 / 寒鸦 著

YE YI CHEN YUAN

出　　版	长江出版社
	（武汉市解放大道1863号）
选题策划	小　米
市场发行	长江出版社发行部
网　　址	http://www.cjpress.com.cn
责任编辑	陈　辉
特约编辑	连　慧
印　　刷	天津鸿彬印刷有限公司
版　　次	2023年12月第1版
印　　次	2023年12月第1次印刷
开　　本	880毫米×1230毫米　1/32
印　　张	9
字　　数	188千字
书　　号	ISBN 978-7-5492-8915-8
定　　价	48.00元

版权所有，侵权必究。如有质量问题，请与本社联系退换。
电话：027-82926557（总编室）027-82926806（市场营销部）

日之夕矣，倦鸟还巢。

为了这个答案,他浮萍于世,

无家可归,亲人几无。

为了这个答案,他坠落尘埃,

衣不蔽体,食不果腹。

为了这个答案,他经过战乱,

见过杀戮,亦手刃故虏。

伏尸百万,只配作权柄点缀。

流血漂橹,抵不过皇权庄严。

匹夫一怒,不过血溅三尺。

不达天听,权贵仍高坐庙堂。

天地不仁,以万物为刍狗。

圣人不仁,以百姓为刍狗。

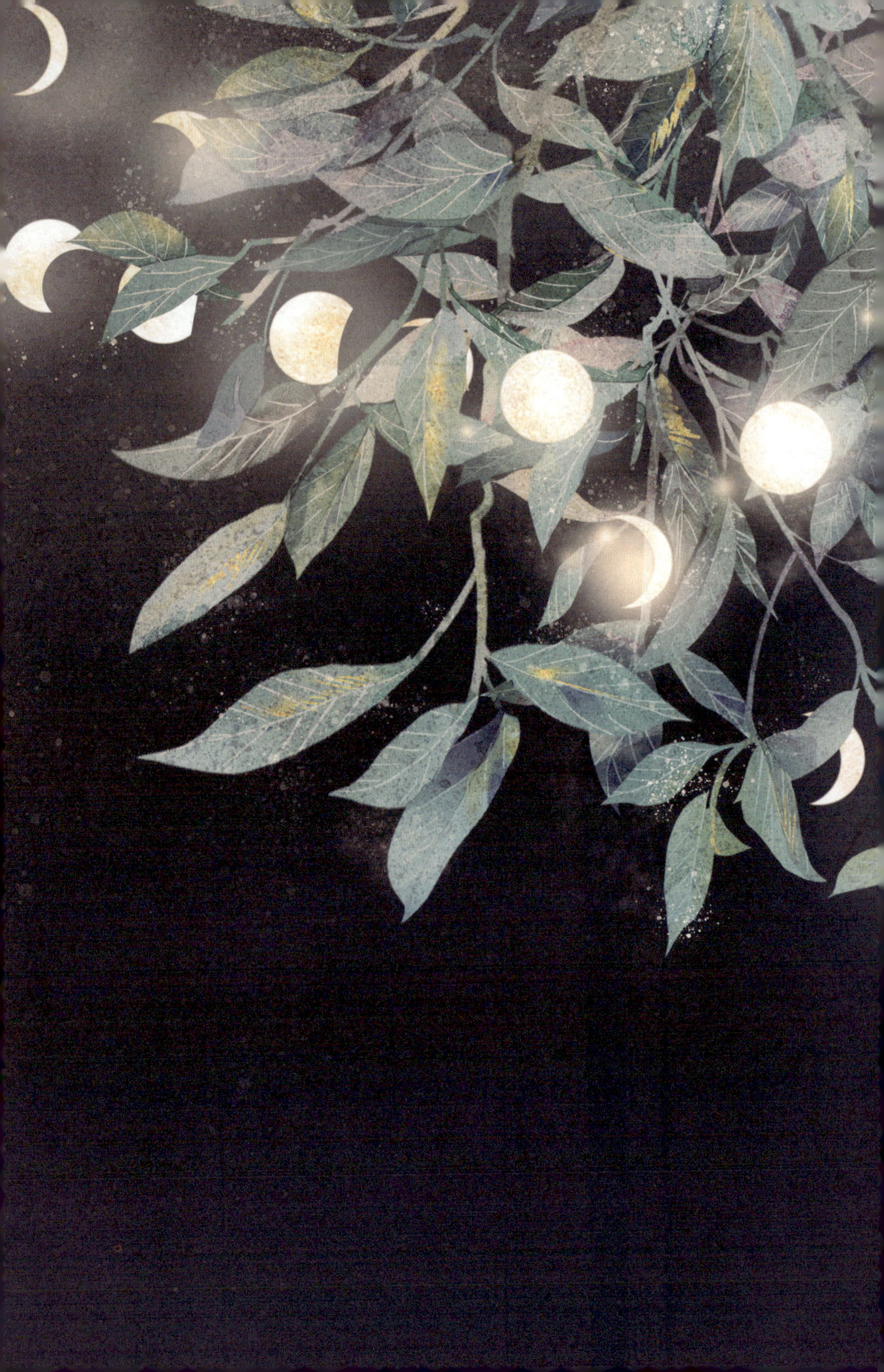

目 录

第一章 谒陵之乱 001

第二章 山穷水尽 063

第三章 天道无亲 105

第四章 立春之事 161

第五章 谁定苍生 219

番外 春风 273

出之治澗

第一章

谒陵之乱

1

赵渊第一次见到谢太初，是在去年顺穆圣皇后忌日前后，于太子赵霄的瑞德宫内。

他被宫人推入瑞德宫时，太子正在与什么人谈笑。

东宫虽然素来关爱呵护他，但在他的记忆中，这个皇族叔叔总是仪态端庄，若不是遇见真正欣赏喜爱之人，鲜少这般言语轻松。

"赵渊见过太子殿下。"赵渊于轮椅上躬身行礼。

"渊儿免礼。"

太子赵霄对旁边闲坐着的那人道："凝善真人，这便是孤的侄儿，乐安郡王赵渊。"

赵渊起身回首，看向那人。

他先看到一双眼睛，犹如寒潭清涧一般的冰冷幽深，看不到底。在视线交会的那一刻，那人眼中微波荡漾，赵渊感觉自己心底传来了一个声音，那是水滴入泉的轻响，接着便有无数雨滴自虚空落下，落入那泉水中。

那人抱拳作揖，不卑不亢道："在下谢太初，道号凝善。见过郡王殿下。"

凝善真人面容清冷俊美，身形修长，虽只着一身黑衣，举手投足间却带着修行之人的脱尘气质。

就在那一刻，赵渊觉得，谢太初值得信任。

"王爷。"

赵渊从回忆中清醒过来，抬眼看向已经等了一阵子的掌家太监奉安，问道："道长回来了？"

奉安为难地摇了摇头："没有。凝善道长从灵道司散衙后，便被司翰院的李修撰引去御林戍了……"

赵渊怔了怔："你没同他讲，今日请他务必回府？"

"说了。"奉安道，"可李修撰说堵着灵道司的门十几日了，这才遇见道长，说什么也不肯放他回来。还说宁王殿下在御林戍恭候道长，殿下有好几金匮的典藏等着与凝善道长鉴赏。"

"他便去了？"赵渊问。

"是。"奉安有些不平道，"奴婢几番劝阻，道长并不理会，径直去了。"

赵渊叹息："那便算了。"

"您好歹是乐安郡王，是太子殿下最喜爱的侄儿，您父亲肃王更是陛下长子，是徐贵妃亲生。就算肃王爷现今不在京城，也不应让人这么看轻，一个修撰也敢打着宁王的旗号拂逆您的意思！"奉安愤愤道，"待再过些日子，王爷和世子爷来了京城，看怎么收拾他们!"

"你既然知道他是宁王的羽翼,就不应该说这样的话。"赵渊说,"太子与宁王是顺穆圣皇后所生的孪生子,身份同样尊贵。如今陛下身体抱恙,太子与宁王之间的关系本就微妙……父亲送我来京城这些年,是为了给陛下一个交代,也是给朝廷一个交代——肃王府绝无反骨。我不过是仗着太子叔叔的喜爱,又有这腿疾,在京城才能得意欢闹撒娇,活得滋润。若真肆意妄为起来,你以为宁王会放过我吗?"

奉安被他说得忍气吞声,道:"那……那怎么办?今日可是郡王您的生辰,凝善道人不能前来庆贺吗?"

赵渊惨笑一声,陷入了回忆。

谢太初彼时正在灵道司中编修灵道司文典。他的小楷清秀,行文之间似带着锐利的剑锋,赵渊爱看他写字的模样,认真又专注。

"郡王想说什么?"

赵渊笑了笑:"自前年起,天下动荡不安,灾祸不断。夏日东北大旱而西南洪水四起,冬日里更是奇寒彻骨,冻死百姓无数。因此皇帝爷爷便借着顺穆圣皇后的祭礼,广召天下僧道入京,为我大端向天祈福。近几个月,陛下都在太庙罪己斋戒。我听闻也请了道长过去随侍。"

"郡王消息灵通。"

"道长有通天彻地之能。"

"郡王谬赞，愧不敢当。"谢太初客气道。

赵渊看着他："道长天人之姿，又有经世之才。如今肯治我的腿疾，我心内感激，特来拜谢。"

一滴墨汁自谢太初悬在空中的笔尖上滴落，毁了他那页纸。他缓缓放笔，这才抬头，问他："郡王可知我来自倾星阁？"

"我知道。"赵渊说，"倾星出，天下定。街边孩童都会唱这两句。"

"倾星设阁数百年，与世无争。也不知是何时有了此诛心之论。"谢太初轻叹一声，"我自幼在倾星阁中长大，习的乃斩断尘缘的无量功法。"

"无量功法？那是什么东西？"

谢太初沉默了一会儿，道："习此功法之人，无情无爱，无悲无喜。此功一共九重，功法越精进，则离悲欢离合越远……不会被世间诸多情爱所累所伤。"

"还有这等奇功？"赵渊明显不信，带着笑好奇地问，"不知道长现在几重？"

"第九重。"谢太初说。

他抬眼看过来。清冷的黑眸中，带着些幽蓝的寒意。

赵渊怔了怔："道长的意思……"

"我已学成此功，可窥天地大道。"谢太初说，"殿下因我为您治疗腿疾，生出感激之情，尚可理解。我近日为殿下调养，察觉殿下身体经脉郁结，更待疗愈，如今断然不会半途而废。但我天生无欲无求，只是行分内之事，殿下不必特意答谢。"

那时，赵渊只是坐拥富贵的乐安郡王。他并不知道，多年后，他会与谢太初并肩逆天改命，拯救天下苍生。

2

天已然冷了。

赵渊出去的时候，天空飘了雪花。

雪不知道下了多久，冷飕飕的，积不住，落在地上融化了，又迅速被冻成了薄冰。

奉安连忙差人送了狐裘和手炉过来，细心地放在赵渊的双腿上，又给他披上大氅，塞上手炉，这才推他下了坡道。

"我还没这般娇贵吧？"赵渊哭笑不得。

"郡王还是好好照顾身子吧。"奉安道，"虽说道长给您调理过，已经好了不少，然而您身子底子太差，隔三岔五就生病。您生病了王爷和世子心疼，回头来了京城那儿知道了，奴婢可要挨板子。"

"说来说去，你是怕挨板子而已。"

奉安无奈瞅他："奴婢要挨了板子，您不心疼死？您又不是什么凉薄之人。"

赵渊被他的话绕了大半天，终于忍不住笑了："就你奉安会说漂亮话。"

"仆随主人。"奉安道,"奴婢的漂亮话还不是跟您学的。"

赵渊知道奉安是逗自己开心,感慨一声:"罢了,咱们回院吧。"

"好。"

二人路过轿厅的时候,还能看见影壁后亮着的灯笼。

这一年来,赵渊曾无数次在轿厅外的王府大门的屋檐下,等待谢太初来帮他治疗腿疾。有时候谢太初从灵道司来得早,便能在天暗的时候迎到他。有时候谢太初被太子请去瑞德宫讲道,便来得晚一些。

然而无论是何种情况,他都穿着一袭黑色道服,从王府的大门后下马,踱步而来。

"郡王,可还要再等?"奉安小声问他。

赵渊垂首道:"还等什么?回吧。"

奉安便推车离开,只是刚入院子,便听见前厅有人隐约通报道:"凝善道长来了。"

赵渊下意识地便要去前厅,一转轮子就换了方向,轮子撞到了路边的菊花,花盆倾倒,碎了一地。菊花残败,细雪混着泥土铺开。

"郡王,您小心啊!"奉安急了,"这大雪天地上滑……"

奉安说话间,谢太初的身影出现。

他在摇曳的烛火中走近,像是刚从云外山河中飘临的仙人,连夜色都对他和蔼几分,允他披星戴月而来。

"郡王,我回来了。"谢太初躬身作揖道。便是这样简单的话从他嘴中说出来，也像春风拂面，让赵渊的焦虑消融于无形。

谢太初的有礼不过是他性情如此，便是对朝中的大员，对路边的乞丐，他都是这般，让人如沐春风又拒人千里之外。

赵渊低头颔首："回来便好。"

一时间，只剩下寂静中雪落的声音，安静得让人心头发颤。

没容赵渊多想，谢太初已然将他推入内院，这才问奉安："殿下不曾用膳？"

"等您呢，没吃饭。"奉安道，"等了您好久，谁知道您被宁王殿下请走了呀。"

说到最后，奉安有了些怨怼。

谢太初抬眼看看他，又去看垂首的赵渊："是我疏忽了，殿下见谅。"

他眼神清澈，也没什么情绪，可赵渊却有些不忍心听他说这样的话，连忙道："不怪你，是我自己要等你吃饭，也没提前同你约过。你不用自责。"

乐安郡王在京城中颇有些美名，他并不仗着郡王的身份，欺压别人。人们都说他温恭和蔼，平易近人，又善良心软……故而常常受人冷落。

谢太初如常抬手为他号脉，然后道："我奉太子之命，为殿下治疗双腿。殿下体虚，还应按时用餐。若体格不强壮，双腿更难有站立的可能。"

"我知道了。"

谢太初对奉安道："将吃食热了请殿下进餐。我这便回自己的院落了。"

说完这话,谢太初站起来要走,却被赵渊喊住了。

"殿下?"

"你刚刚因何事耽误了?"赵渊问。

谢太初眉目温柔,语气也十分缓和,可是说出来的话却比外面的寒冬还要冰冷彻骨:"殿下应知,我自倾星阁而来。当今陛下礼敬修道之人,请我出山,以监国运,因而事务繁忙了些。"

赵渊道:"只是咱们说好了的,每隔一旬便替我治疗腿疾。今日已到了时间,道长可曾忘了?"

谢太初摇了摇头:"太子以开放御林宬观阅典藏大典为条件,让我为殿下治疗腿疾,我自然不敢忘。只是我今日辗转数处,浑身尘土。"他拱手道,"如此,待洗漱后,再来殿下房内为您疗伤。"

说完这话,谢太初离去。

3

谢太初未让赵渊等待太久,不到半个时辰,他便披着一件黑色的大氅再入了主院。进屋的时候,大氅还带着寒气。

他身上还带着些沐浴后的湿气,长发披散在肩头,勾勒出身形,更显得伟岸俊美。

"久等了。"谢太初道。

"不曾。"

"郡王今日双腿感觉如何？"谢太初问他。

赵渊道："比起上个月，脚踝处逐渐感觉酸胀，右腿可直立。"

谢太初应了一声，从旁边取了拐杖过来，那只拐杖手柄磨得圆滑，还是谢太初来王府后不久，亲自做好赠予他的礼物。

"郡王终有用得上的一日。"彼时，谢太初如是说，"不止于此，我期盼着郡王亦有不再依靠拐杖、自由行走的一日。"

"真的吗？"沉浸在喜悦中的郡王又惊又喜，"我会努力的！"

"从此处到拔步床三十二步，郡王可愿持杖而行？"谢太初道，他语气诚恳、坦荡，眼神中透露出关切之意。

赵渊从榻上坐起来，又在谢太初的搀持下挣扎着站起身，一手握着那拐杖，一手揽着谢太初的肩头，缓缓地将重量放在了双腿上。

第一步一个趔趄，赵渊差点倒地，却已被谢太初稳稳地撑住。

"慢慢来。"谢太初道。

赵渊应了一声，咬着牙，艰难地往拔步床走过去。

三十二步，每一步都走得异常艰难。赵渊手中的拐杖在不停地发抖，腿更不似自己的。好几次他都想说算了吧，可是又有些不服气。

不知道过了多久，那拔步床终于在眼前，只剩两步，只剩一步，待他脚尖抵在床边时，谢太初便将他扶到榻上。

赵渊这才察觉自己大汗淋漓，握着拐杖的手更是颤抖不已。

第一章 谒陵之乱

"郡王，现在可否开始治疗？"谢太初为他擦拭汗水，方才抬眼问他。

赵渊躺在锦被之间，应了一声："好。"

他幼年大病一场，之后双腿便孱弱无力，年龄越大越是如此。

谢太初会为他摆正身体，为他按压腰腿间的穴位，仔细疏通他身体的每一处脉络。这是十分耗费精力的。他躺着，正好能瞧见灯下的谢太初额头与鬓角有微汗积攒，待大周天结束，连呼吸都会急促几分。

两个时辰，治疗方毕。

天已微亮时，奉安端着准备好的温水进内屋为半昏迷的赵渊擦拭身体。擦完后，谢太初从门外进来。

"今日要进宫与太子对弈。"谢太初对赵渊说，"郡王莫忘了。"

可是赵渊连一根手指都懒得动。待他再醒来时，天已大亮，谢太初已经离开。

"道长一大清早便去了灵道司，灵道司要点卯。"奉安说。

"马上要霜降了，今年皇帝欲携文武百官及宗亲入地灵山，谒陵祭祖。各处早就忙碌了起来。灵道司更是到了一年中最忙碌的时候——抄经理学。"赵渊说，"道长为灵道司正印，掌天下道教之事，忙些也是情理之中的。"

"洗漱更衣吧。"他对奉安说，"今日要进宫给太子请安，莫错过了时辰。"

"好。"

4

乐安郡王赵渊是肃王的次子,兴许是关平之地气候严寒,他自幼身体孱弱,又是次子,并不被寄予厚望。

封王时也与其他十几位年幼的宗族子弟一并下了牒文。

他就是一个普普通通的郡王,连封号都是"乐安"二字——知足常乐,平平安安。

大端疆域内,这般的郡王,没有三十也有十五,并不稀奇。

他十四岁那年冬天,霜降前与肃王和肃王世子一同入京随贤帝谒陵祭祀,不知道为何被贤帝喜爱,留在宫中与太子做伴数月。

终于春暖花开,肃王与哥哥离京,他去送行。

肃王面容肃穆,对他道:"皇帝子嗣只有太子、宁王与我……我在关平守疆,离京却近,便早有谣言说我因是皇帝长子,多少有些不该起的心思。如今……太子子嗣刚诞,陛下心思深远,君心难测,他既然看上了你,便是没有办法……不留我肃王血脉在京城,无法定君心……渊儿不要怪我。"

"父亲不用多说。"赵渊道,"在京城之地没什么不好。您知道我从小喜爱围棋,如今在宫内,皇爷爷和太子叔叔请了李国手教我对弈,我日日痴迷,不思家乡,连娘都想得少了。"

肃王世子赵浈那时候也只是个孩子,听完这话,哭得泣不成声:"老二你胡说什么。平日里都是你黏着娘亲不放,这会儿倒说不想她!不行,你要跟我们走!来时三个人,回去的时候两个人,我怎么跟娘交代啊!"

他抓着赵渊的手不肯放。

"你一个人在京城会被人欺负的,你不能留下来。你跟我们回去,娘亲还在家中等你!"

可比他小两岁的赵渊还能笑着安慰人:"父亲,大哥,我腿脚不便,关平太远了,我便不回去啦。"

离别的时候,赵渊在远望亭送行,直到父亲和大哥的身影变得渺小。快要望不见时,哥哥回头看他,挥手大喊:"下次我们回京便来看你!接你回家!"

回家?

自应天府向东北走八百里,便是关平。快马加鞭不过几日……却回不去了。大端有律,封王定藩之宗亲,入藩后无皇命不可出封地。

鸿雁传信?

便是母亲后来病逝,亦是过去了数个春秋,赵渊才得到了消息。

自父兄回了关平,转眼十年,与赵渊不曾相见……今年皇帝欲携百官前往地灵山谒陵祭祖,终于又召肃王入京陪驾……想必父兄已经启程了吧,关平离得近,霜降前怎么也到京城了。

到时候他一家团聚,其乐融融。

"王爷，咱们到瑞德宫啦。"奉安在车外对他说。

赵渊收回思绪应了声好，便被奉安及仆役抬出车子，稳妥安置在轮椅上，又整理了衣物，这才上前通报。

他去时，太子在毓心殿内侍奉皇帝，商议霜降时皇帝与百官前往地灵山陵恭谒致祭之大事。

这会儿瑞德宫内，只有皇太孙赵浚在，这孩子十岁，聪慧异常，又敏捷健康，来日又会是一位定国明君。瑞德宫暖阁内支起了挂图，赵渊进去时，皇太孙正在看那挂图——《大端万里山河图》。

"皇太孙殿下。"赵渊作揖。

赵浚盘腿在那山河图下，听见了他的声音，一跃而起，跑过来抱住他，欣喜道："二哥来了！"

说完这话，赵浚还不罢休，爬到他腿上坐着，搂着他脖子，开始跟他讲自己最近上课有多难，新请的老师有多苛刻多爱刁难人。

赵渊忍不住笑出声："朱传良先生乃当今儒学泰山，又于治国谋略有独到建树，怎么到了你嘴里就成了个刁钻刻薄的糟老头子。"

"这都是世人以讹传讹的话，二哥怎也能信呢！"赵浚委屈地说，"他还给我留了功课，我正想不透呢。"

"哦？"赵渊让奉安把轮椅推到了山河图前，抬头仰望。

大端帝国的疆域尽在此图之中。

北至极寒之地，南入西洋深海。拢州方才日出，而东海已然入夜。两京一十三省，沃土十万里，百姓造册两千三百万户，诸夷纳贡来朝。

赵渊忍不住感叹："寰宇之内，端若次之，则无第一。有幸生于此等盛国，有幸可观此等盛世。"

"二哥，帮浚儿想想怎么应付先生吧。"皇太孙十分愁苦，哀求道。

"应付？"赵渊好奇。

"他不考我《论语》，不让我抄《中庸》，偏要问我对当今局势如何看。"赵浚茫然，"我瞧了半天，也并不太懂。求求你啦，二哥，你对我最好了。"

赵渊心软，将赵浚当作是亲弟弟般疼爱，于是思考片刻道："局势我亦不太懂。不过我倒觉得大端与棋盘也没什么不同，左右不过纵横十九的对弈罢了。是时机、局势，更是人心的对弈。"

皇太孙睁着圆圆的眼睛，在他怀里仰头瞧他，显得有些可爱。

赵渊笑了，摸摸他脑袋，又仰头去看山河图。

"我大端北临夷族，有游牧部落逼境，此困历朝历代不可避免。太祖皇帝建国时，便定藩北进，封九大边塞王，以皇族血脉定我大端北疆之安宁。故而大端延续二十二代，至今荣光不落。"

赵渊看了片刻，抬手往北疆指点道："九大边塞王，自西向东分别是：拢州福王、天州庆王、东安秦王、西原晋王、大通代王、离府谷王、关平肃王、太宁宁王、广平辽王。"

"肃王……肃王是二哥的父亲吗？"赵浚问。

"是的。"赵渊说，"如今在位的肃王，便是我的父亲。"

"其中拢州福王是太祖血脉，一直延续至今。秦王自宪帝时便王府空虚，已然凋敝。如今除辽王年龄尚幼未曾抵藩，宁王抱病于京城宅邸，其余诸位藩王镇守藩地，已有很多年了……"

赵渊话音刚落，就听身后有人朗声道："便是数百年北疆游牧政权更迭，如今韦刺、鞑娄鼎立，赤古部族吞噬混战。我边疆固若金汤，经年无改，便是靠了这九大塞王。"

赵渊回头去看，就见太子入内，边脱大氅与宫人边继续说："九大王深耕封地，拥兵自重，不纳贡不交粮，世袭罔替。使当地之民只听九王威名，不知有大端朝廷，更不知有皇帝高坐庙堂……"

赵渊连忙行礼："太子殿下。"

太子一笑："今日隶司又上了这般的折子，术阁行了票拟，送到了毓心殿。"

赵渊有些惶惶的困惑，缓缓直起身子，抬头看向自己这位二叔。

"渊儿，你本是肃王府郡王。我问你一事……"

"太子请讲。"

"且不说这拥兵自重的九王，只说其余宗亲，亲王、郡王及再往下的官职……世世代代终身荣享俸禄。宗族人员冗余庞杂，朝廷已无力支持宗族供奉。我赵氏子孙便搜刮百姓、暴敛金银，使国库空虚，民不聊生。封王定藩是我大端的规矩，如今大厦将倾，该不该……"

太子笑了笑，接下来问出的话，却让人胆寒。

"该不该削藩？"

5

灵道司设于严代斜街的纳禄寺内，自去年皇帝为皇室宗亲挑选僧道侍讲，谢太初便入了灵道司任职。最初不过是灵道司上灵仪，一年之内因道法深厚，被贤帝、太子偏爱，一路从八品职位擢升，如今已经是灵道司下道仪，统领天下道家法门。

外界已有谣传，此次霜降，自地灵山谒陵归来后，皇帝便要升他为"真人"，封二品诰命。不可谓不是现今应天府炙手可热的人物。

纳禄寺就在琉璃海附近，此时即将霜降，天黑得极早，谢太初傍晚散衙出来，天已然半黑了。

琉璃海附近酒肆都上了灯笼。寒风中，红灯摇曳，颇有些不似人间的仙意。谢太初在湖畔驻足，观赏远景。他身形清冷与市井格格不入，面容沉静，瞧着周遭的车水马龙，倒不知道在想些什么。

又过了片刻,他转身欲沿湖而行。

便瞧见有一内宦站在身后不知道多久,此人年轻,三十来岁,面容温婉中却带着两分阴柔,正笑吟吟地瞧他——乃当朝监礼司从三品执事,提督东厂与南城府司的大珰舒梁。

"舒执事。"

"道长,咱家恭候多时了。"舒梁躬身道,"咱家在玉衡楼中饮酒赏月,瞧见道长散衙,如今天色已沉,道长若不嫌弃,与咱家一同进些饭食才好回府?"

"今日家中有事,不敢叨扰执事,便算了。"谢太初回礼后欲走,便有舒梁身侧宫人拦着他不让他动弹。

"听宁王殿下提及,昨夜瞧道长在专注翻阅皇室族谱,喜爱溢于言表。殿下就记下了,嘱托咱家,道长喜好这些,应多为道长操心。咱家便差总仁府的过去又寻了些出来,免得道长还得去御林宬查看。这次拿出来的是帝系与支系之牒文,想着若遇见了道长可以共同一观。没想到今日就遇上了。"

舒梁态度平和,言语间却透露出与宁王的亲昵关系,他可随意差遣总仁府,有取帝王家谱进出御林宬的特权——内宦提督东厂首领之权威,显而易见。

谢太初回头看他:"自高祖以来,便筑金匮石室,将帝王宗亲玉牒藏于其中。我朝更是设立御林宬,保管圣训文献与宗亲牒文。如此重要之物,被执事随意取出供人阅览,不觉惶恐?"

"不过借阅便还,祖先在天有灵也舍不得多加责难。机会难得,道长……真舍得不移步一观吗?"

话已说到这里,便退无可退了。

谢太初沉默片刻,眉心微微皱起。

舒梁又笑道:"倾星阁之出世者少有,便是宁王也不得不重视,王爷爱才之心日月可鉴,道长可不要辜负了。"

谢太初正要开口,就听见不远处玉衡楼中有人醉言道:"削藩,自然要削藩!若不削藩,我大端大厦倾覆之日即到!若不削藩,民不聊生必起祸端!"

舒梁眯眼去看,问身后侍卫:"沈逐,这是哪位大人?瞧着面生。"

他身后安静站立的金翼卫缇骑沈逐答:"司翰院正利士汤浩岚。"

舒梁垂首掸了掸大袖,对沈逐道:"酩酊大醉,满口胡诌,不成体统。押送城府司狱定罪吧。"

沈逐安静片刻,应了声是。

该不该削藩?

这问题诛心,仿佛霹雳雷鸣悬挂在赵渊头顶。

他只觉得若答错一字,就要五雷轰顶,不只是他,整个肃王府也会陷入万劫不复之境地。

太子问完,瑞德宫内一时安静了下来。然而太子垂问不可不答。

赵渊斟酌片刻,有些磕磕绊绊地开口道:"该不该……该不该削藩,乃朝廷的决策之事,赵渊不敢妄言。"

"哦?"太子笑了,走到他身侧,坐在榻上,不依不饶,"准你畅所欲言。"

赵渊只好深吸一口气,硬着头皮又道:"削藩一事,涉及深远,近者如边塞九大藩王,远者如各地定了封地的宗族旁系。臣不敢揣测太子心意,只是削藩的关键乃怎么削,如何削。"

"说下去。"

"削藩可强取,可推恩。前朝刘仁帝削藩,致使宗亲反目,举国动荡,流血漂橹,民不聊生。实不可取。"赵渊说,"倒是王武帝时推私恩,允许藩王将封地均分于自己的诸多孩孙,这样藩王越多,而封地越小,几代之后藩王就再无威慑了。"

他说完这话,惴惴不安等了一刻,太子笑出了声:"渊儿机敏。比术阁那帮老臣思虑还要深远。"

赵渊道:"闲暇时多看了两本史书,不敢受夸。"

太子命宫人搬了围棋过来,对赵渊说:"不聊这个了,来与孤对弈。让孤瞧瞧你最近棋艺可有长进。"

"是。"赵渊冷汗湿透衣襟,却知道最凶险的试探已经过去了。

宫人推了他的轮椅上前,他便执黑棋与太子对弈起来。

赵浚亦不再闹,在旁边专心看他二人在棋盘上厮杀。

赵渊今日满盘皆输。

最后几步落子时,赵渊仓皇中竟让指尖的棋子落在了地上。他弯腰去捡那棋子,半天竟触碰不到。最后是太子下榻,将那落在地上的棋子捡起。

太子叹息一声:"渊儿今日心神不宁,孤这棋赢得胜之不武。"

赵渊强撑着精神道:"还请太子恕罪。"

"收了吧。"太子让宫人过来收棋。

赵浚跟在他俩身侧说:"二哥,今日可要在瑞德宫用膳再走?"

赵渊摸摸他的头安抚笑道:"日渐西沉,东华门快落锁了,我这便出宫去了。不敢叨扰太子与太孙。"

"孤送送你。"太子说完这话,自顾自地给他推着轮椅便往宫门而去,边走边说,"谢太初之所以能进灵道司谋职,又能以道士身份为孤侍讲,全是因为他倾星阁之人的身份。也因此,陛下高看他许多,待他与普通修道之人不同。一年之内数次擢升,才让他做到了灵道司下道仪之位。"

"这个侄儿知道。"

"那你可知道倾星阁为何被如此看重?"太子问道。

"民间有'倾星出天下定'的说法,只说他们通古窥今,神秘莫测。听说是传承自王禅老祖。修得术法,可断天下。"赵渊说到这里忍不住失笑,"不过是众人以讹传讹罢了,哪里有这么神奇的术法,哪里有这么神奇的宗门?"

"你错了。"太子说,"恰恰远没有这般简单。"

"请二叔明示。"

"倾星阁乱世方出,必辅佐一人,此人必得天下。"

赵渊一怔:"这是什么……意思……"

太子看他,并不似讲笑话,眼神深邃,似有深意:"谢太初所亲近之人,根据谣传,极有可能是命定的未来天下之主。"

谢太初亲近之人乃未来天下共主?

赵渊差点失笑说这事不过鬼神之说,可他又岂能不清楚一个谣言也有可能掀起惊天巨浪,一个谣言有时候也能蛊惑人心。

赵渊背后的汗毛顿时又耸立,连忙在轮椅上躬身急道:"臣双腿有疾,无法行走,不可能有此等大逆不道的心思!"

太子沉默许久,让赵渊只觉得胆战心惊,想到中午太子质问削藩一事上的决断。

"求殿下彻查臣与肃王府!"赵渊抖着声音又道。

然而过了一阵子,太子的威压终于缓缓收拢了。

"孤知道你不会有这样的心思。你素来温和淡泊,与世无争,像极了你的母亲。又聪慧机敏,眼界宽广,是我赵家血脉之传承。"

"二叔是我的二叔。"赵渊道,"更是我肃王府未来侍奉的主君。肃王一脉的忠心剖腹可见,请二叔放心。赵渊是双腿残疾之人,与皇位本就无缘,根本不可能有这般的心思。"

太子颔首:"孤自然信你。"

有太子这一句话,赵渊才如释重负。

他指尖还在发抖,将手拢在袖间,这才抬头看向太子。

"渊儿斗胆问二叔,可有人在背后妄议?"赵渊声音微微发抖地问。

"没有。只因知道这个传言的不只是陛下与孤,还有宁王。"太子笑了一声,"而宁王信。宁王信这谣言,孤……便不得不信。"

宁王与太子是孪生兄弟,又同是皇后嫡子。明明定藩于太宁却不肯去封地,称病在京城多年……人人都知道他是有些不该有的心思的。

赵渊亦知。

朝廷局势微妙,也多半是因为这个人。

多少年来,宁王与太子……明明是兄弟,私下想起彼此却如鲠在喉。

太子一路推着他出了瑞德宫,宫人将他送入马车,又把轮椅固定在车后。

"渊儿。"

赵渊有些失神,抬眼看向自己的叔叔。

"你父亲是我的大哥,母后早逝后,便是大哥呵护我,在我心中,肃王既是长兄又似生母。可……有时候,觉得做这太子,也有些凄凉。方才我所说之事,不过只是一个虚妄的谣言,你莫放在心上。"太子笑了一声。

"二叔,这件事你本可以不说,为何要让我知道?"

"陛下年迈,此次霜降谒陵后,我便要着手摄政,而老三要送去太宁藩地……再削藩……一切便尘埃落定。"太子一笑,"渊儿,霜降后,便随你父亲回关平吧。"

太子眼神清澈，不似作伪。

赵渊一惊，随后喜悦奔涌而出，眼眶湿润："我……可以回家了？"

太子将他揽入自己怀中，这屹立于大端之巅的孤家寡人在这一刻真切地袒露了自己柔软的心怀。

"我大约是卑劣的。你从小在我身边长大，我心里待你与浚儿无异，偏偏心疼你又提防你。"他道，"半夜醒来茫然四顾，我发现竟然没有真正可信和亲近之人。除了浚儿，竟然最放心的是你。我知道你极重感情，对我、浚儿、皇帝虽然害怕，却又当作亲族关爱。有时候真的庆幸你双腿有疾，如此才可以放心与你这般亲近。"

他叹息一声："帝家薄情。二叔能做的只有这么多了。"

赵渊在京十年，从不曾听太子如此情真意切，已热泪奔涌而出。

摇光中，他抬头看向宫墙屋檐一角。

他的心已经飞了出去，飞到了天寒地冻的关平，飞入了肃王府，飞入了他那院落之中。

那些思念，瞬间溢满，倾泻出了他的胸膛。

他快回去了……他破碎的心，应会在熟悉的地方得到抚慰。

"谢太子殿下，谢二叔……成全。"他哽咽道。

6

赵渊的车辇才抵王府街,便有人上前拦车。

"开霁!"那人叫他的表字,拽住马儿的缰绳,急道,"出大事了!汤浩岚让提督东厂的人抓去了!"

赵渊心头一凛,推开车门,就在此时马儿一惊,他一个踉跄差点从车上摔下来,幸好奉安眼疾手快,一把抱住他。

饶是如此,他的腰已磕在了车板上,胳膊更是因为使力带了一下,一瞬间便已有撕裂之感,痛得钻心。

"哎哟,你可小心了我的郡王爷!"那人嚷嚷道。

赵渊顾不得这个,回头急问:"怎么回事?你又闯什么祸了?"

马车下的人,乃隶司尚署段致之子段宝斋,是他在应天府内为数不多的几个好友之一。段家只有段宝斋一个孩子,娇生惯养,宠溺纵容,平日里是个如玉般风流倜傥的公子哥儿,这会儿衣服也乱了,脸色仓皇,急得不行,平添了几分狼狈。

"怎么就是我闯祸了!"他跺脚道。

赵渊只看他:"快说。"

"晚上跟他在玉衡楼吃酒,我便提了我爹最近引隶司上折子期望朝廷削藩一事,他又是个实心的,在司翰院就因为不会说话被人排挤,被我一说就上了头,没注意更喝得多了些,就在玉衡楼前大骂皇室宗亲,说要削藩。"

"你跟他说这些做什么?"赵渊一惊,"瑞邈一向心系社稷忧国忧民的,凡事都要往心里去,可跟你这样的混世魔王不同。"

段宝斋擦了擦头上急出来的汗道:"我说郡王爷,祖宗!都火烧眉毛了你这还要骂我,让我说完!光是骂人也就算了,结果舒梁就在楼外,直接听了现成的,就让沈逐把他绑狱里去了。"

"沈大哥?"

"对啊……"段宝斋无奈地叹了口气,"舒梁管着提督东厂,京城里什么事儿不知道,明明素知我们几个交好,偏要沈逐绑自家兄弟。如今老沈若不听令呢?是不是还打算把老沈也定个不听号令的罪?我当场急了就拦人,舒梁这样的大珰怎么会把我看在眼里啊,我爹他都看不上……我就想着能来找你商量。"

赵渊想要苦笑。

他一个无权无势的郡王,站在薄冰之上,战战兢兢,惶恐不安,比隶司尚署都不如,又有什么办法让舒梁听命?

除非他去求太子。

不。

他不可能求太子。

谒陵之期将至,应天府内皇亲贵胄聚集,封疆大吏归来,多方势力汇聚交织,太子又私下提及即将摄政,而舒梁素来亲近宁王……太子出面,事情便会复杂,此时绝不是轻举妄动的好时机。"

赵渊沉吟片刻问:"当场除了你、沈逐、瑞邈及围观之人外,还有什么人吗?"

段宝斋想了下,立马回答:"有。谢太初。"

"他人呢?"

"找谢太初干什么?"段宝斋问他,"他跟着舒梁呢,一起去了南城府司。"

跟着……舒梁——宁王有心借势倾星阁。赵渊想起了太子刚在瑞德宫所言,心有一瞬间变得纷乱。

此时已有人将车后轮椅解下,扶他安坐其中。

他习惯性地垂下眼帘,双手掖袖低声道:"谢太初是陛下眼前红人,就算是宁王也另眼相待,兴许他去求了有用。"

"他?"段宝斋语气里带了些匪夷所思的意味,"他那个铁石心肠的玩意儿?"

"我们现在去南城府司。"赵渊说。

段宝斋道:"没有谢太初,我们还可以想办法找找别人。我还可以让我爹去找左辅大人——"

赵渊被他说得心头又拧了一把,他叹息一声:"事有轻重缓急,如今着急的是不能真的让瑞邈在狱里受刑。我去南城府司,请他代为帮忙便是最快的途径。同时,你先回家,我这边若不成即刻给你消息……你再去请段大人求左辅,这般两手准备才最为稳妥。"

他抬头看段宝斋。

段宝斋道:"好,我现在回家等你消息!"

他说完这话即让下人牵马过来,赵渊在轮椅上坐着,看段宝斋快马加鞭消失在王府街上。

那轮椅宽大安稳,是赵渊心爱之物。

他的轮椅换过一次,就在谢太初入了王府的第一个月后。

谢太初擅长木牛流马之术,研习过他的习惯,倾心造了这轮椅送他。不知道是何种机关,轮椅行走流畅,少了许多颠簸,下面有机括可藏弩箭十支,又有暗格左右各一,放了他平日喜爱的零嘴果脯。

他得了便十分喜爱,视若珍宝,并取名"还巢"。

日之夕矣,倦鸟还巢。

他喜爱还巢,坐在宽大平稳的轮椅里,总有一种错觉,这还巢像是可以遮风挡雨的容身之所。

"郡王,我们走吗?"奉安问他。

赵渊回神:"走,我们去南城府司。"

7

此时已快到宵禁的时候,谢太初听见外面打更人敲了梆子,便放下了手中的卷宗。

"夜既然深了,我便应告辞。"他起身站直,"南城府司终究不是饮酒做学问的地方。"

舒梁轻笑:"道长这是要着急回王府街吗?"

"我如今替乐安郡王治疗腿疾,住在王府街方便些。"谢太初道。

"权谋权谋,为权而谋。"舒梁一笑,"道长本是修道之人,入世难道不是为了翻动朝局,谋个富贵荣华?故作什么清高?让我说,太子以为是郡王与你谢太初交情匪浅……却不知道乐安郡王不过是你一个避世的借口。与他接近,便不会再被太子忌惮,才可在这云谲波诡的朝局中纵横睥睨而不引火烧身。"

舒梁步步紧逼,便是谢太初涵养再好,也有些忍耐不住了。

"不知道宁王与执事到底想要什么?"他问。

"要倾星阁一句话。"舒梁说。

"什么话?"

"宁王赵戟身负天命,乃未来天子。"舒梁面不改色地说出大逆不道的话。

可这吓不到谢太初。

他面容平静,瞧着舒梁:"谢太初道行尚浅,窥探不出天命。"

"倾星阁之言,本就是天命。"舒梁道,"道长开口,便值万金,千万富贵,尽付尔身。"

谢太初面色平静,眼皮子都不抬,掖袖作揖道:"天色不早,告辞了。"

他转身推门出了南城府司,抬头瞧见了月下的赵渊。

赵渊此时正坐在还巢上。

那是自己亲手所造,郡王视如珍宝,出门若买了糕点,便藏些在暗格中,遇见自己时,便拿出来,献宝一般地递过来。

"道长,我有好东西送你。"

赵渊最开始这般说的时候,他总以为他要奉上什么珠宝金银。

可是在赵渊摊开的掌心里,有时候不过一个苹果、一块糕点,甚至还有过一个香囊、一个蝈蝈笼子。

像是他交友,也从不只结交贵族官宦,喜爱什么人便结交什么人,随意得很,一点不似宗亲贵族的做派。

后来次数多了,谢太初才明白,所谓的好东西,是让赵渊喜悦的东西,他把内心的喜悦,拿来同自己分享。

诚心实意,不染尘埃。

赵渊赶到南城府司门口的时候,沈逐正扶着一瘸一拐的汤浩岚从衙门口出来。

"沈大哥、瑞邈!"赵渊坐上还巢,让奉安推至二人身旁,仔细打量汤浩岚的全身,除了些擦伤,没有别的外伤。

"只是些轻微外伤,左脚在被捕的时候崴了,没什么大事。"沈逐说,"我这便送他回家。"

汤浩岚本来别着头,不肯看他,这会儿听了他的话一把把他推开,踮着脚尖踉跄两步,怒目圆睁:"沈逐,你助纣为虐!"

沈逐抬眼看他:"我入南城府司任职,便要受衙门管束。上司有命，不得不受。"

"上司？舒梁吗？一个不尊正统、倒行逆施的阉人，满朝士大夫唾骂，你却上赶着讨好顺从。不要脸之极。"汤浩岚气道。

沈逐争辩道："我沈逐虽然是商贾之子，可先入金翼卫，后进南城府司，忠心侍奉天子，自问无愧。今天我沈逐缉拿你是听命行事，可你汤瑞邈在市井酒肆妄议天家私事难道没有错？"

汤浩岚打断他的话："自古天家无私事！"

"若不是我出手，你现在的腿脚便不是崴了，有心讨好舒梁之人必断你双足，让你在去南城府司的路上就吃尽苦头。"沈逐说完，微微缓和了语气，"不要争了，是我做得不对，少了兄弟情分。我送你回——"

他伸手要再去扶汤浩岚，没料到汤浩岚气得眼眶发红，大手一挥，挥开了他的手，后退几步，扬声骂他。

"我不用你管！便是腿断了也好过看你沉沦权欲之争！"

沈逐僵在了当场，伸出去的手缓缓收回，习惯性地握在了腰间的绣春刀上，然后紧紧握住。

他后退一步，不再看汤浩岚。

"瑞邈，沈大哥也有难处。你别讲气话。"赵渊连忙说。

汤浩岚负气笑道："不是气话，我没有他这般的兄弟！"

说完这话，他便一瘸一拐地往城府司街口而去，赵渊无奈，对奉安道："他受了伤，奉安你驾车送他回去。"

"这怎么好？车辇走了，您一会儿如何回家？"奉安问他，"天都暗了。"

"瑞邈家离这里也不算远,你送了他到家,回头再来迎我就好。快去!"

奉安见他坚持,也不好再说什么,让车夫驾了马车赶上,拽着汤浩岚便上车,任汤浩岚怎么生气也不松手,把他塞入车里便走了。

赵渊这才松了口气,回头瞧沈逐:"沈大哥,你别往心里去。瑞邈一向耿直冲动,等想通了便会好了。"

"你怎么来了?"沈逐问。

赵渊松了口气:"玉书去王府街拦我的车,我怕真的要出大事,便赶紧过来了。"

沈逐沉默片刻道:"若不是他口无遮拦透露奏折内容,厂公又怎会找到由头捉他入狱?他入狱后,按规矩便是要行刑的。真要上刑,段宝斋、段大人,还有朝中一并上奏的那群官员都要下狱……恐又是一场血雨腥风。"

"是,故而我着急。"赵渊道,"幸好大哥已经把他从狱里救了出来。"

"不是我。"

"什么?"

"我不过是个南城府司的缇骑,哪里说得动舒厂公。"沈逐道,"是谢太初。舒厂公今日在玉衡楼设宴,本就是为了等他。抓了汤浩岚后,他便一并随着来了南城府司,快用刑的时候他对舒厂公道自己不喜血腥气,舒厂公便松口放了汤浩岚。"

"原来如此。"赵渊怔了下,"他……他人呢?"

"刚我们出来时，他正在衙内与厂公道别，想是快出来了。"

沈逐抬眼看看身后通往南城府司的那条街道，巷子深处的南城府司大门已开，谢太初一身黑色道服从里面款款走了出来。

"沈缇骑。"谢太初抱拳。

沈逐仿佛不愿意与他多接触，微微退后一步，便露出了身侧的赵渊。

谢太初诧异：“天寒露重，郡王怎么来了？奉安人呢？"

说话之间，他已经行至赵渊身侧，将身上的玄色大氅脱下，披在赵渊的肩头。赵渊拢了拢，那大氅还带着谢太初的些许体温，只是在寒夜中迅速消散了。

赵渊看向他："汤浩岚的事我听大哥说了。舒梁不是什么好相与之人……你……你愿意为了一个无关之人做此等事……多谢你。"

谢太初抬头看到他，开始虽然略微有些诧异，似乎很快便想明白了来龙去脉，应了一声："汤大人操心削藩之事，也算是为国为民，只是行事太过冲动，想必经此事后定有成长……更何况汤大人是殿下的友人，于情于理我亦应当做些什么，故而无须谢我。"

谢太初安静了片刻，上前推上还巢："我送你回去。"

赵渊回头问沈逐："沈大哥可要与我同去郡王府坐一坐？"

"不再叨扰了。"沈逐抱拳道，"我只是有疑问想请郡王解。"

"大哥请讲。"

"段宝斋是尚署公子，汤浩岚是史官世家，而你是天潢贵胄。"沈逐道,"怎么看得上我?我不过是个商贾之子,我们结拜时我才刚入金翼卫,没什么背景。"

赵渊一笑。

"前年清明,我们也在玉衡楼楼上喝酒。一卖花女在楼下叫卖杏花。有士族贵人上前调戏,沈大哥路过揍得他连连求饶并押送衙门。我们几个闲散浪荡子在楼上看到了,便有心结交。"赵渊说,"身份、家世、尊荣看起来高不可攀,可其实反而是枷锁和拖累,与一颗拳拳赤子之心如何相提并论?"

沈逐沉默了一会儿,久到黑暗中那些带着潮意的凛冽之气缓缓浸润他肩头的衣襟。他抬头与谢太初对视片刻,又移开视线,才低声开口:"我领了命,明日清晨便要出京办事。霜降前不会再见了。"

"还有两三日也就到了,大哥路上保重。"赵渊道,"我得跟着皇爷爷去地灵山,回来也是霜降后了。到时候再约你、玉书、瑞邈一同饮酒,大约那会儿瑞邈便想通了吧。"

"好。"沈逐俯身抱拳,"你……多多保重。"

说完这话,他再不言语,转身阔步离开。

赵渊皱眉仔细思考了一会儿问:"道长,你有没有觉得沈大哥今日有些奇怪?"

"他神色萎靡,眉宇间隐隐有邪风缠绕,忧心劳神,气运不振。"谢太初收回视线,"他似有大劫难又似有大功德降身。"

风水气运之说赵渊是并不怎么信,可谢太初说不似胡诌,他便也有些忧心了,道:"他在舒梁手下,又被提为城府司缇骑,怕是也受了不少委屈……待他办完差事回京城,道长可否帮他?"

"好。"谢太初说。

南城府司毗邻九军衙都府,又对着太朝门,便只能绕行东河谷巷。天色渐暗,东朝门内的商铺民宅都上了门栅,没有行人。

一轮明月皎洁,映照着大地,连人都有了影子。

赵渊强打着精神说:"回去吧,奉安迎面而来,别让他找不到咱们。"

"好。"

走了片刻,月亮更亮了,照得远路清晰。

谢太初却已半蹲下来,挽开他的袖子,就着月光看他的手腕。

"这是怎么回事?"谢太初问他。

赵渊去看,手腕处肿了起来,夜色中并不明显,然而谢太初问及,他才察觉出有些胀痛。赵渊仔细想了想说:"好像是刚才从段宝斋处听闻瑞邈出事,情急之下差点从马车上摔下来的时候扭了手。不算痛,一会儿便好了。"

他拽了下手腕,手腕在谢太初掌间纹丝不动。此时谢太初神情专注,检查他那手腕,那眼神似乎有温度,让赵渊连手腕都隐隐烫起来。

"手腕处挫伤了关节,还得仔细处理才好,免得落下病根,阴雨天里隐痛。郡王还有哪里不适吗?"

"腰也撞到了。"

赵渊说完这话，谢太初已起身，想要查看他的伤势，他连忙补充道："回去再看吧。奉安来了，你看……奉安和车辇回来了。"

果然，郡王府的车辇来了。

待奉安等人将还巢固定在车后，一行人往郡王府而去。

待抵郡王府，谢太初将赵渊安置在还巢上，推入了主院。

"殿下双腿已有好转，假以时日便可拄杖而行。腰部正是上下连接的位置，若真撞到了关键经脉，怕前功尽弃。"

谢太初说着，推门将他放在软榻上，又垫了几个软枕在他腰间。

赵渊无力地卧在榻上，谢太初专注地检查他腰间的肿块。

他按压赵渊腰上的痛处，终于将那肿块推散开来，这才对赵渊道："殿下，幸得无大碍。"

"好，多谢。"

8

"道长。"

"殿下还有吩咐？"

"我……"赵渊开口，"我父亲和兄长这两日便要进京。"

"我知道。"谢太初回道。

"你知道？"

谢太初轻轻应了一声："安排随侍道士人数时，在灵道司看到过肃王府抵京名录。我已经提前知晓了。"

"我有十年没见过父亲，也没见过兄长。道长……我打算……谒陵后，便随父亲、兄长回关平，不会再回京城了。"赵渊道。

赵渊想起自己的家乡关平。关平风沙大，却盛产瓜果，有着异域风光。他想瞧一瞧草原上的牛羊，还有鞑娄人做的奶酪、奶茶……

家是天涯那头的明月，是海角那头的仙山，是自心底蔓延出的思念，是在京城战战兢兢时唯一的念想和支撑。

"太子谒陵归来后，便要摄政削藩，届时与宁王之间本就势同水火的关系怕要更加紧张。京城不会再是安乐之地……"赵渊还要再说什么，却被谢太初打断。

"郡王慎言。"谢太初道，"京城提督东厂暗探遍布，有些话莫要多说。"

赵渊还要再说什么，谢太初接着道："我似乎从未对郡王提及父母出身？"

赵渊还在沮丧中，仍道："是。"

清冷的月辉从窗户外铺洒下来，落在了谢太初的膝头。

他过了片刻才开口道："小时候的事情，记得不多了……我家本在交州，不过佃农。父亲种田为生，母亲做些针线活维持家用，家中有兄姐二人，一家五口勉强生活。便只好划地抵税，将田地统统减价抵卖给了当地的一个末流宗亲……后来光景逐年不好，庄稼收成不够，这样两三年下来，田地没了。"

他语气平平淡淡，可说出来的事情赵渊从未听过。

"农民没了田地，便是死路一条。正巧遇上大旱之年，父亲租种的田地竟然颗粒无收，大姐、二哥说我年龄小，把吃的省下来给我……自己去山上挖树根吃，后来树根也没了，便吃观音土。吃了观音土只有撑死一条路，于是我便没了兄姐。"

谢太初谈及自己的过往，谈及家人的过往，十分平静，像是在说别人的事。

"再后来……有一天早晨，母亲给我端了碗肉汤。"谢太初道，"那碗肉汤鲜美异常，我连一口汤羹都没有剩下。这样熬了几日，母亲又给我一碗肉汤。几日又几日……于是村子里的人死了大半，我却活了下来……再然后我被倾星阁主无忧子搭救，拜在了他的门下，修了无情道，直到现在。"

赵渊暂时忘却了自己的忧郁，逐渐被谢太初的话吸引，开口问道："那，那令尊令堂呢？无忧师父有没有救他们？"

谢太初抬头望月，过了许久许久，才低声道："灾荒之年，饿殍遍地。哪里有人能够幸存？"

他说这话的时候，眼眸中，映衬着月亮冰冷的颜色，无故带上了许多的忧伤。赵渊只觉得心头骤然一痛，眼眶中有泪落下。

"殿下为何哭泣？"谢太初问他。

"我……"赵渊含泪笑了笑，"我为道长的际遇而哭。我从小锦衣玉食，没料到道长以前这般苦。"

"世间比我之际遇凄惨百倍之人还有许多。有母亲失去了爱子,有丈夫失去了妻子,有亲人失去了弟妹……他们在红尘中挣扎,失去过田地,遭受过灾难,颠沛流离,身微命贱,不如草芥。"他指尖冰冷,说出的话也分外冷清,"相比之下,我还有师门,受帝王天家供奉,并不值得为此落泪。"

"道长……"

"殿下还有小家可回。而众生之家在何方呢?民生多艰,自古如此。若要落泪,殿下便为这天下苍生而哭吧。"谢太初说,"不必为我。"

谢太初站了起来,叹息一声,回头去看赵渊:"如今殿下知道,我不是什么显贵,更不是什么谪仙,只是普通农户出身,如此而已。接下来要为谒陵随行准备,事务繁杂,便在灵道司起居,不便过来为您治疗腿疾了。"

赵渊眼睁睁地看着谢太初躬身行礼后飘然而去。

9

泽昌二十一年,九月二十一日是霜降日。

贤帝谒陵。

此时昼短而夜长,寅时天依旧漆黑。

可在京城的文武百官,以及奉皇帝旨意回京的封疆大吏和宗室皇亲纷纷起了个大早，华服重甲于身，精神抖擞地等待着。

自太朝门往胜德门，已清街警跸，铺撒黄土。千余禁军及伴驾侍从的队伍，早在阳门前静候，只待陛下出行。

贤帝上次去往地灵山谒陵，还是十年之前顺穆圣皇后入陵之时。如今贤帝年迈，此次谒陵必定是他帝王生涯中的最后一次。

众人皆知这意味着什么——新旧更迭，薪火相传。大端朝又将迎来一个新的世界，无人不期盼着在即将到来的舞台上粉墨登场。

"殿下，我们得出发了。"奉安入宅急催，"天子的玉辇仪仗已经开拔，奴婢从外面看着，龙纛已经出城，后面就是四骧营，连道士僧众都出去了，凝善道长也出了城。还有文武百官的队列……都能瞅着队伍最末的幡旗奴婢才回来的。咱们再不走就给落下了。"

赵渊彼时已着好大氅，在还巢内坐着，听奉安此言，问道："可见我父王和大哥？"

"不曾。"奉安说，"现下往胜德门方向的全是出城的队伍，人山人海的，谁也进不来啊。"

"按道理昨日就该入京面圣，为何到现在了还不见人来？"赵渊沉思。

"哎哟主子爷，您可千万别想了。"奉安道，"奴婢已经从禁军那边得了消息，昨儿个警跸便已提早关了城门，不让入京。

自关平过来八百里路,天寒地冻的走不快,耽误一两日也不是没有可能。况且王爷和世子殿下是从北边过来,兴许图省事儿,就在去地灵山路上等着,是不是?"

奉安说完这话也不再等待,招呼侍从仆役们准备车马,又拿了手炉、大帽等一干物品,推着还巢就出了院子。

赵渊本想再论,可知道此时也论不出个长短来,便只好作罢。

很快,乐安郡王一支队伍便追上了谒陵队伍,浩浩荡荡自胜德门而出,向着应天府西北角的地灵山脚下而去。

地灵山距离京城不过百里地,然而谒陵队伍数千人,又多有文官与车辇,速度并不算快,自寅时出发,入山时天已然全黑了,再往前便是山路。

先头部队早就在东榆河畔设了天子行在。

如今谒陵队伍便沿东榆河,围着天子行在安营扎寨,一时间白色帐篷和篝火将漆黑的山沟照亮,连带着幽深的东榆河都变得热闹非凡。

赵渊的车辇吊在队伍尾列,此次谒陵的宗族贵族实在太多,总仁府也一时半会儿顾不得他这边,奉安便命人在外围起了帐篷,又搭了炉子生火。

赵渊自己推着还巢出了帐篷,向着远处眺望。

高耸的栅栏中,禁军环绕的龙纛下的大帐内便是天子所在。太子、宁王则距离天子大帐远一些,再远处便是众道僧的所在之处……

"若是王爷来了,咱们按理也要在那边起帐篷呢。"奉安有些艳羡地说。

"有父兄的消息了吗？"赵渊问。

"总仁府那边差了金翼卫去迎，若到大约是后半夜了。"奉安回他。

不知道为何，赵渊听了奉安的话，心底没来由的有些疑虑："来时便提前出发，又怎么会耽搁在途中？是不是出什么事了。"

"郡王多虑了，自关平过来一路坦途，能有什么事。哦对了，韩传军韩大人半个月之前去了关平慰军，按理也应该回京复命，也没回来呢。兴许是一并归来吧。"

奉安说完，赵渊内心终于稍稍安定。

韩传军自益州发家，做知县时便领编制千人队伍剿过山匪，后任过监察御史，如今在兵部担任士郎一职，又身兼保顺、离府巡按御史。

连这样的封疆大吏都未按时归来，自关平而来的父兄未曾抵达，也似乎不算需要十分忧心了。

待用膳后，又过了阵子，整个营地都安静了下来。

漫山遍野的帐篷中灯光闪烁。

无数旗纛在晚风中翻滚，拍打出声。除此之外，万籁俱静。

赵渊体弱，一日奔波下来，已有了困倦之意。奉安察言观色，已命下人进来为郡王更衣洗漱。

"明日就要上地灵山……明日怎么都到了吧？"赵渊说。

"自然。谒陵之时，怎么都会到了。"奉安伺候他上床歇息，安抚道，"您安心吧。"

赵渊在一种诡异的安静中清醒了过来。

外面的旗纛不知道为何没了声音。

明明是安静的，却又隐隐有更多嘈杂声传来，想要穿透压抑的黑夜，往他的脑子钻。

"奉安……"他从榻上爬起来。

可不知道为何，似乎连自己的声音都被压了回来。赵渊恍惚地伸手扶榻，另外一只手要去够还巢，一瞬间打翻了旁边的茶壶。

茶壶碎在地上，茶水飞溅。

赵渊这才猛然意识到，并非安静，而是太嘈杂了，无数的声音早就充斥在周遭，被帐子挡在了外面……以至于他耳膜发痛，一时间失去了判断。

"奉安！"他又喊了一声，双手用劲，终于将自己挪上还巢。

赵渊身着中单，驱使着还巢出了帐篷。等他掀开帘子的那一瞬间，外面的声音一下子找到了入口，惨叫声、求救声、喊打声……那些声音混杂在一起，冲入了他的脑子。

可是赵渊已经顾不得这些了。

东榆河畔被大火点燃，犹如黄昏。

绵延数里的大营如今成了一片火海。旗纛早就烧成了灰烬，倒塌在混乱的帐子之间。

围绕天子行在的栅栏被推倒了一半，血迹和尸体在栅栏两侧堆积。中间贵族的帐篷全部烧了起来。龙纛在桅杆顶端也燃烧着，忽然一阵疾风吹过，绳索绷断。

赵渊眼睁睁地看着象征天子行在的龙纛犹如一颗明星自半空陨落。

热浪翻滚，几乎要将他吞噬。

他从未经历过这样的场景，血和冷冽中的炙热让他无法抑制地发抖。

无数人的名字从他脑海里翻滚过去，最终……他看向那已经成为残骸的灵道司大帐……

谢太初三个字在他脑海里留了下来。

"奉安！"赵渊四下打量。

周遭的下人们早就四散不见，赵渊咬牙又往外推行两步。

"林奉安！"

"奴婢在！"树丛中有人应了一声，接着奉安抱着个孩子踉跄地从树丛中走出来。

他脸上有污物灰烬，眼神中亦有些慌乱，怀中孩子仿佛不轻，以至于他抱着孩子过来到赵渊面前的时候，一个脚软匍匐跪地。

"奉安，你没事吧？"赵渊急问，"出了什么事？"

"奴婢……我……我……"奉安恐惧发抖，仔细打量赵渊，"我刚瞧着树丛里有动静，便进去查探……"

说话间他松开了手。

火光中，赵渊看清了他怀中之人，乃皇太孙赵浚。

"浚儿！"

赵浚左边肩膀上有个血窟窿,血一直往出流,脸色已经苍白。他脸上全是血污,开口便是哭腔。

"二哥救我!"赵浚已经扑了上来,赵渊几乎是一把将他抱住,按住他肩膀上流血的地方。

"快,奉安,找……找纱布来!干净的!"赵渊依稀回忆起年幼时在关平,将士们是如何包扎伤口的。

奉安应了一声,跌跌撞撞地爬起来入了帐篷翻箱倒柜。

赵浚还在哭:"二哥,救我。"

"怎么回事?"赵渊问,"出了什么事了?"

"是……是宁王。"赵浚哽咽道,"是宁王!丑时刚过就有北大营仪仗骑兵冲入天子大帐,十二亲卫在栅栏内奋力抵挡,没料南城府司的金翼卫和羽林卫先后叛变,放倒了栅栏,任由骑兵入内踩踏,死伤无数。父亲让四骧营的千护趁乱把我送了出来,没料路上一支重箭射穿了那人胸膛,更把我肩膀射穿了。我跌入草丛中这才狼狈到此。"

"你……你说什么?!"赵渊呼吸一窒。

"现下亲卫被冲散,金翼卫和羽林卫只听宁王调令,骑兵在各营帐中肆意起火,见着平时看不顺眼的文武百官直接杀了,还有些被抓了去中军营帐了。"

"那……那皇爷爷呢?"赵渊比赵浚慌乱更盛,问,"还有太子!"

"宁王带人抓了皇爷爷还有我父亲!"赵浚哭道,"二哥!赵戟大逆不道,乘着谒陵起乱,谋逆反叛!如今已是抓了皇帝和太子!"

赵渊听完这话,脑子里一片茫然,直到奉安从里面出来,将止血药和纱布递过来,他几乎是下意识地把这些按压在赵浚肩头。

血根本止不住,瞬间浸染了棉絮纱布,直接染透了他的手。

赵渊将赵浚搂在怀中,勉强集中精力,仔细打量赵浚面色。

赵浚此时脸色已有些灰白,他心觉不好,紧急时刻又无法多想,忙对奉安道:"你收拾行李伤药,带上钱财和干粮,去解了拉车的马匹,带上皇太孙往关平方向急行!"

奉安一怔:"可——"

"你听我说。"赵渊虽然声音发抖,可所言却思路清晰,"宁王谋逆,如今太子被拘,皇太孙危矣!金翼卫兵力部署过了延益寺便渐弱,你骑快马而去,有幸突出重围,必能路遇我肃王府亲兵!赵浚便还有一线生机。若此时再犹犹豫豫,皇太孙命丧于此!"

奉安泪如雨下:"奴婢带皇太孙走了,您可怎么办?您腿脚不便——"

赵渊勉强笑道:"你糊涂。我不过一个闲散郡王,即便是社稷崩塌,也不由我来承担。可若皇太孙在此,我怎有活路?"

奉安哭着起身,仓促收拾了行李,解马而上,接过皇太孙,将赵浚绑在自己怀中,对着赵渊泣不成声。

"奴婢走了。"

"好。"

"您……您自个儿保重。"

"我知道。你放心。"赵渊含泪又笑。

奉安引马而行,又听见赵渊唤他:"林奉安。"

奉安转身看他,泪中只能瞧见赵渊模糊的身影。

"你随我来京十载,虽为主仆,更似兄弟。"赵渊道,"皇族血斗,原本不该牵扯你进来。你这一路过去,若皇太孙有恙……你弃他而走……我……我不会怪你。"

林奉安大哭:"我虽为奴仆,却不至于这般禽兽。郡王,你别小瞧了我!"

"我不曾。"赵渊回他。

林奉安再不说话,狠狠甩鞭,身下马儿已向东北方向疾驰而去。

马踏之处,寒霜碎裂,扬起沙砾。

难道皇太孙走了,便有活路?

这慌乱之中,刀剑无眼,谁人能确保自己活到最后?

谁人都知是这般。不过是说一句谎话,拼一线生机。

赵渊送走了林奉安,回头去看只有残骸的大营,中间火势渐消,而两侧山上的冬日枯林被引燃,在地灵山上肆意燃烧吞噬,丝毫不见颓势。

与此同时,从火光中,隐隐有军队向着乐安郡王的营地而来。

赵渊看着那行军队,压制着浑身颤抖,深深吸了一口气。

寒意凛冽的血腥气冲入他的肺中。

10

　　黑暗中有马蹄声急促响起。

　　树林中两名灵道司道士瞧着那马儿上一人抱着孩子自南方来，沿着河边小路一骑绝尘向着延益寺而去。

　　他俩对视一眼，在密林中低矮着身子悄然往坡后而去，在密林覆盖的山坳深处，凌乱四散着五六百人，仔细一看都是仆役打扮，有太监、宫女，亦有马夫、仆人。

　　不少人衣衫破烂，身上有伤，还有被火烧烟熏后的污垢。

　　看样子是从行在大营中逃出来的一小拨人。

　　那两名道士穿过众人，到了斜坡上站立着的两人面前，作揖道："凝善道长，刚有郡王府快马一匹往延益寺方向去了。天黑看不清马上的人，似是一大一小。"

　　那两人之中左侧的正是谢太初。

　　他此时身上大氅已脱了，披在身侧监官司提督太监严大龙肩头，两只大袖系住袖口，露出腰间长短两柄子母剑。

　　剑鞘与他身上有些血迹，乃刚才大乱一起，他为了保护无辜之人，拼杀时留下的敌人的血渍。

　　"往这个方向便是期望过延益寺遇上从关平来的肃王府亲兵，最好能直接撞上肃王……这般着急，那个小孩子应该是皇太孙。"谢太初道,"过了延益寺便是关北草原,一马平川,没什么人能拦得住。只是宁王怎会料不到延益寺这唯一的通路,早就安排了南城府司的人在那边布下重兵。没有人能够逃出去。"

他们一行人也是想从延益寺出地灵山,却因为这个原因,缩了回来。

"是不是乐安郡王带着皇太孙?"此时来自监官司的提督太监大珰严大龙问谢太初。他发髻已乱,黑白色的头发披散在肩膀上,蟒服也破破烂烂,早没了刚出宫时的尊荣华贵,"还是郡王有大勇。"

谢太初摇了摇头,沉吟片刻皱眉:"你们在此等候,我回行在大营。"

严大龙一怔,连忙抓住他:"真人啊,凝善真人,您这是要做什么?大营乱起,您便带着道长们从天而降,把我们这群人引出了火海。您若走了,我们该作何打算?"

"若是乐安郡王离开,定会带上奉安。如今一大一小……便应不是殿下。"谢太初面色凝重道,"以郡王性格,定是要奉安带着皇太孙而去,自己留了下来……"

"可……真人再去也是危险万分啊。"严大龙说,"况且如今兵荒马乱的……"

"天地虽自有其道,而众人无辜。一路行来,尽力救助也是如此。"谢太初道,"我又何尝不知如今已到此境地,便是再去,怕也无力回天……"

道门中人,素来秉持无为而治。

物壮则老,盛极必衰。万物自有法则,无为方可无不为。

"严大人带着众人离开吧。"谢太初道,"待局势稳定后,再回京城。若宁王掌权,正是用人之际,严大人大难不死必有后福,定不会止步于提督太监之位。"

严大龙无法阻拦,只好在他身后抱拳躬身:"严某记得真人这份恩情,来日必报之。"

谢太初还礼后,抚上腰间的长剑。

接着他钻入密林中,行动极快,悄然消失在了不远处的黑暗之中。

赵渊被羽林卫下总骑一路拖拽入了中军天子的帐前。

土地本寒冷干硬,因为高热融化后,不知道与什么东西混杂在一起,变得脏污油滑。那总骑将他扔置在地上,赵渊猝不及防,半个身子便倒入了血色污水之中。

他喘着气勉强撑起半个身子,一身单薄的中单全部脏污。

天子大帐如今烧破了一半,破了的地方又挂了帘子,里面虽然点了灯,可也看不真切。

周遭没什么人,有些挣扎后的凌乱手脚印子,一摊摊红色凝固的血渍说明刚才这里出现过地狱般的场景。

也许是天气太过寒冷,也许是内心恐惧,赵渊瞧着这断壁残垣般的景象浑身颤抖不已。

又过了片刻,远处马蹄声疾来,赵渊抬头去看,一行金翼卫从延益寺方向而来。

待这队骑兵近了，几个人下马，手里还提着个孩子，拖拽到他近前，一把扔下。

竟然是刚才被奉安带走的皇太孙赵浚。

赵渊连忙将他搂在怀里，将仅剩的暖意传给他。

"浚儿！浚儿！"

赵浚本已昏迷，这一通折腾下来，却昏昏然醒了，见是赵渊，大哭道："二哥！延益寺有伏兵！是南城府司的叛兵！"

赵渊心已沉到了谷底，哑着嗓子问："奉安呢？"

赵浚还在哭，指着领头的金翼卫说："你问他！你问他！"

赵渊抬头去看，领头的人已经去了头盔，火光照亮了他的面容，乃他的好兄弟，前两日便出城公干的南城府司缇骑——沈逐。

赵渊猛然大惊。

沈逐前几日所言还在耳畔——霜降前不会再见了，你……多多保重。

"你——"他开口想要质问，可声音卡在喉咙中，竟然一个字都发不出来。

沈逐如今面色冰冷，瞧他如陌生人一般，只瞥了一眼，便转身走进天子大帐，单膝跪地抱拳道："王爷，厂公，不出所料，皇太孙果然自延益寺北上欲往肃王处求援。如今已将赵浚擒回，等候发落。"

"好。"舒梁的声音从帐中传来，"请太子殿下过来吧。"

沈逐应道："是！"随后转身离开。

片刻后，从太子帐的位置有人过来，待走近了，就着昏黄的灯光，赵渊才瞧见是沈逐并几个金翼卫押着太子过来。

赵渊一惊："太子！"

赵浚亦哭喊道："父亲！"

太子发冠散乱，衣领亦被拽散，身上有些脏污之处，显出从未有过的狼狈姿态，然而他却尚算镇定，在天子大帐前笔直地站定后，才回头看了看赵浚、赵渊二人，叹息道："命有此难。"

赵渊趴在地上，双腿孱弱无力，只能抬眼看他，听他说完这句泪便奔涌而出："二叔！"

"哭什么。"太子说，"老赵家孩孙有肝胆，不许哭！"

"该哭的。"帐内传出一个人声，接着帘子掀开，舒梁率先出来，又侧身垂目提着门帘，像是恭敬地等待着。

片刻，帐里面便有人缓缓踱步而出，乃太子的孪生兄弟——宁王赵戟。

11

宁王赵戟的面容与太子有五六分相似，带着大气端庄之姿，只是若多看两眼便觉得有些不太舒服，兴许是他一双眼睛里带着太多的欲望和阴霾，因此有些让人心寒，遂不敢再看。

"该哭的。"宁王瞧着太子说,"这会儿若不哭,一会儿就没机会了。"

"父皇呢?"太子脸色苍白,问他。

"还活着。"宁王轻笑一声,"还能口述个遗诏,盖个大印。"

"你!"太子气得发抖,"赵戟,你疯了吗!为一己私欲肆意杀戮,今日行在中死了多少无辜之人?你还不收手?"

"我可以收手。"宁王说,"太子之位让给我,摄政之权交予我。我便收手。"

"孤是嫡长子,自幼便被册立为太子。立嫡以长不以贤,立子以贵不以长。这个道理你不是不懂!你身为皇弟不忠心为国,贴身侍奉,反而举兵而反,囚禁天子,逼太子让位……你想干什么?"

"你我同是顺穆圣皇后所生,只因你早了我几个时辰出生便成了名正言顺的嫡长子,成了太子。而我呢,本应出生时被溺死……若不是那会儿母后还有意识,求了陛下当场封我去了边疆做藩王,我便已成孤魂野鬼。"宁王道,"我既出生,母后随即却死于大出血。皇帝不喜我,虽不杀我,我却成了那个不祥之人……三十多年来,我受尽白眼冷遇,便一直没想明白……为何……这究竟是为何?"

他身着鱼鳞比甲,负手站在天子帐前,可眼神冷冰冰,锐利地直视太子,火光在锃亮的比甲上反射出猩红的色泽,令宁王仿佛浴血而来。

"为何一母同胞、孪生兄弟,你未来要成为天下共主,而我只能去边疆做个吃沙饮风的藩王？"

"你这是打算弑兄夺位吗！"

"你可以做皇帝，我难道不可以？！这样的问题，你难道没想过，你难道不知道？"宁王反驳，"若不是你一心要逼我去藩地，若不是你着急在谒陵后摄政削藩，我何至于今日就要抓你啊？是你自己把自己逼上绝路。"

"你表面恭顺，实则早就筹谋多年。就算我霜降后不削藩，你也想好了要取而代之。如今又何必狡辩，将责任推到我头上？"太子质问他，"你不怕逆天报应，不怕史书记你是乱臣贼子？"

"乱臣贼子？"宁王琢磨了下这四个字，好笑道，"我既为天潢贵胄，这大端既然是赵家的天下……又何谈什么乱臣，哪里来的贼子？我赵戟，才是天下共主，才是大端的皇帝。只有我这般的枭雄才配站在巅峰受万邦来朝。"

他从腰间解下佩剑，扔在了太子脚下："念我二人兄弟一场，送你体面上路，兄长自行了断吧。"

太子盯着那柄装饰华美的佩剑，脸色煞白。

"不要！父亲！不要啊——"赵浚大哭，挣扎着要往前阻拦，孩子虽然年幼又受箭伤，这会儿父亲要死，挣扎起来力气却大得惊人，赵渊几乎抱不住他。

他的哭声唤回了太子，太子仔细瞧他，又瞧见了他肩头的箭伤，眼眶泛红强作镇定："浚儿，莫哭。"

赵渊急了，对宁王道："三叔，何至于骨肉相残。"

赵浚亦哭求道："三叔要太子之位拿去就是，皇位亦然。只求放过我父亲！"

"赵浚！"太子厉声呵斥，"没出息的东西！你给我记住了！赵家人可站而死，绝不跪着活！"

他疾斥的余声在这东榆河畔似乎响彻天地，周遭惊鸟乱飞，一时间连乌云都压低了几分。

山火持续燃烧，烧遍了周遭的地灵山脊，在山腰上留下一圈赤红剔透的火线。

太子捡起那奢华的佩剑，拔出剑来，寒光凛冽，火光自下而上，剑身上映照着他憔悴狼狈的面容。太子怔忡半晌，又释然大笑，仰天长叹一声："是天要断孤命数，不是你赵戟！"

说完这话，他抬剑自刎，血溅当场，鲜血竟然洒在了赵渊脸上。

浓烈的血腥味让赵渊脑子里一片空白。

大端太子……

他的皇叔……

前几日还在瑞德宫内与他对弈之人，将他拥在怀中告诉他可以回家之人，如今竟然死在了这冰天雪地的地灵山中。

"父亲——"赵浚凄厉惨叫，已从赵渊怀中挣脱，冲了上去，抱着太子尸体痛哭。又过片刻，哭声戛然而止。

舒梁命沈逐上前查验，沈逐探息后起身对宁王及舒梁道："太子已亡。皇太孙身受箭伤失血过多，又过于悲恸，也没了气息。"

"舒梁。"宁王唤了一声。

舒梁出列作揖，道："太子丧心病狂欲弑君父，致死伤无数。宁王救驾，拘太子于天子大帐前，陛下废太子而立宁王。如今废太子之首级割下带回京城示众，其尸身及太孙之尸体一同留地灵山。"

周遭金翼卫大喊："废太子已死！新太子为宁王！"

"废太子已死！新太子为宁王！"

此起彼伏的欢呼声在营地内响起。

本来负隅顽抗的亲军也都罢手缴械。

新旧势力便在几个时辰之内完成更迭。

那欢呼声愈来愈大，愈来愈整齐，最终汇在一起，东榆河谷中震耳欲聋。

可对于赵渊来说，这场漫长的折磨并没有结束。

在混乱的欢呼人群中一队骑兵快马入了大营，又往天子大帐而来，在被推倒的栅栏外下了马。

不消片刻，便有属下来报："报！巡按御史韩传军请见殿下！"

宁王笑道："果然是回来了。"

韩传军？去关平慰军的巡司韩传军？

赵渊听见这个名字，有些迟钝地抬眼去看，在夜色中有一着锁子甲的瘦高个踏步而来。

韩传军抱拳道："殿下，臣不辱使命，已斩逆贼肃王赵鸿及其子赵浈于关平卫！"

此话说完，两个人头已经扔在了赵渊面前的空地上，乃肃王赵鸿与肃王世子赵浈的头颅。

秋风曾吹拂过京郊远望亭外的麦浪。

离别时的哀愁与思念十年来不曾停歇。

关平卫故土的芬芳似在身侧……在京城，赵渊十年间担惊受怕，委曲求全，如履薄冰，如临深渊，所图不过是肃王府能够偏安一隅……如今都成了一场空梦。

八百里，那么近，快马加鞭不过几日。

八百里，那么远，一别再见竟然已隔阴阳。

"敢问殿下，乐安郡王如何处置？"舒梁躬身问询。

赵戟冷眼旁观，片刻抬了抬眼皮道："应绝后患。"

"是。"舒梁看向沈逐，"沈逐，动手。"

沈逐浑身一颤，手中匕首尚淌着太子的残血，又缓缓举起……只是在无人看到处，那匕首也在发颤。

霜降后，便随你父兄回去吧。太子的话还在赵渊耳边。

被燃起的微小的、喜悦的火苗……在心头悄然熄灭了。

赵渊颤抖着抱起父亲头颅，紧紧抱在怀中，泪不由自主地落下。

周遭的山火仿佛群魔乱舞，钻入了他的心房，摧心剖肝，侵入肝脾。

赵渊灵魂中有什么被活生生地撕裂，让人剧痛不已，忍不住哀号悲鸣。

"啊啊啊啊——"

12

赵渊抱着那头颅，两眼空洞，对周遭之事已不闻不问。

舒梁皱眉："沈逐，你还在等什么！心疼你这个兄弟吗？"

沈逐一震，拔出腰间的绣春刀，双手持握，往赵渊身上劈砍而去。就在此时，电光石火间，自赵渊身后黑暗处银霜绽现，一柄长剑已挡在赵渊肩头，迎着绣春刀刀刃而上。

刀与剑在半空中撞击，接着刀刃自剑身划过，留下一串火星。

沈逐手腕被震得发麻，不由得后退一步，看向来人。

宁王与舒梁也惊诧，待看清来人，舒梁忍不住脱口而出："凝善道长？"

谢太初身着玄色道服，带着肃杀之意，自夜色中显现。此时被乌云遮盖的月露出了头，银色月光铺洒下来。

他在赵渊身前立定，将乐安郡王挡在了身后，视线扫过身前众人，先是沈逐，接着是远一些的太子尸身与身侧的皇太孙，最后扫过舒梁，看向宁王。

接着他收剑在腰侧，微微颔首道："宁王殿下。"

"道长为何而来？"宁王问他。

"为乐安郡王而来。"谢太初说。

"道长既已带灵道司众人撤出，又何必回来蹚这摊浑水？"宁王又问。

"既已与乐安郡王结交。"谢太初说，"断没有见死不救的道理。"

宁王笑了一声："道长打算怎么救？你救得走吗？"

谢太初环视四周后道："大营内外三层，十二亲卫共计三千户，更有韩大人带来的八千人马，更是装备精良。就算是神仙再世，插翅也难飞，更何况我不过一人……我还未自大到认为自己能够带走乐安郡王。"

"道长倒是有自知之明。"舒梁嘲讽了他一句。

谢太初置若罔闻，只对宁王说："宁王赵戬身负天命，乃天子之命。"

"哈哈哈哈——"宁王大笑，又恶狠狠道，"谢太初！本王对你以礼相待，一年来求倾星阁眷顾本王，你知道我要什么，却三缄其口，如今倒是开了尊口。你以为我还需要听你这句话，还需要倾星阁跟在后面阿谀谄媚吗？迟了！"

"需要的。"谢太初依旧平静如初，"殿下以前需要，现下更需要，借着谢太初之口，说出倾星阁命定之言。王爷可以不在乎史书如何记你，成王败寇，回头再重写历史便是，哪个盛世不是这般粉饰装点。只是……就算是粉饰装点，也得有个理由。名不正则言不顺，言不顺则事不成。殿下今日可以杀尽宗亲，明日可以血洗朝野，后日难道还要杀尽天下人吗？若天下离心，皇权无异于筑于流沙之上，倾覆只在朝夕之间。毕竟……宁王可弑兄夺位，难道别人不可以？"

宁王一顿。

他的话说到此，宁王面容便已狰狞，几乎是咬牙切齿道："便是你这般说，本王亦没有留下肃王血脉的道理！永绝后患，本王还是懂得。"

"乐安郡王双腿有疾，不能为帝。身体孱弱，此番能活下来，已是老天眷顾，何来后患？"

"他双腿经你医治已可拄拐而行，假以时日定可行走自由。"舒梁道，"此番若留下赵渊性命怕是不妥，请王爷三思。"

谢太初猛然拔剑，剑花一挽，接着又急速收剑负手而立。

再看赵渊双足及右手腕处经脉割裂，鲜血流出。只是他神志早就破碎，哪里还会有什么反应，只是用左手更紧地抱住肃王的首级。

"如今赵渊经脉已被我再断，连带右手腕处亦然。"谢太初又道，"他今生绝无再站起来的可能。王爷若不信可请医者一试。"

大乱之后哪里找得到医者。

"若无倾星阁之言……王爷可曾想过？"谢太初再问宁王，"无论王爷未来开辟何等盛世，后人提及王爷，与夏桀商纣同列，可甘心？"

此话一出，宁王终于动容。

他开口道："赵渊可以放。"

舒梁惊呼："王爷！不可！"

宁王抬手止住舒梁的劝阻，道："赵渊褫夺封号，降为庶人，驱逐出京，入庆地，禁足于宁庆卫，终身不可离。而你……"他看向谢太初，"随本王回京，封真人，擢升二品诰命。"

谢太初作揖谢恩。然后他转身，撩袍子半蹲下，将赵渊扶在怀中。

赵渊犹如受惊一般颤抖挣扎起来。

"殿下莫怕。"谢太初低声对他缓缓道，"我是谢太初，来接殿下……接殿下——"

赵渊听见了他的声音，抬眼看他，曾经明亮的双眼此时变得死气沉沉，血泪顺着他的脸颊滑落，落在了谢太初的指尖上。

谢太初的手紧了紧，坚定道："我来接殿下回家。"

第二章 山穷水尽

13

天边开始发亮的时候,行在大营终于尘埃落定。

蔓延地灵山的火烧过了山顶,已经往山林深处而去,只剩下滚滚浓烟可以从大营处观望到。

只是不知道为何,霜降后竟然下起了雨,开始淅淅沥沥的,落在地上变成了冰。很快雨慢慢成了雪,雪又顷刻变成鹅毛大小,漫天飞舞,半个时辰之内行在已然银装素裹。

雪中有金翼卫持伞送舒梁归来,待到帐下,舒梁作揖行礼道:"王爷,雪一起来,那翻过山去的火便被扑灭了,不曾惊扰祖先陵寝。"

宁王站在帐门处,负手而立,皱眉仰望地灵山,过了片刻道:"地灵山少雨,偏偏就下了雨。霜降又严寒未够,偏偏又起了鹅毛大雪。连老天爷都眷顾本王,本王继承大统,是众望所归,天命使然。谢太初果然还是有些本事的。"

舒梁应了一声,犹豫了片刻,欲言又止。

"什么话别吞吞吐吐的。"宁王道。

"奴婢斗胆问询，王爷真要放了乐安郡王吗？"舒梁问。

宁王瞥他一眼："何意？"

"贤帝血脉中，太子一门已绝，可肃王府还有赵渊一人。"舒梁道，"王爷这些年来低调隐忍，步步为营，能走到今天这一步，靠的绝不是侥幸纵容。依奴婢看来，赵渊这个人就算四肢全废也万万不可放过。"

宁王沉默。

舒梁又躬了躬身，更恭敬道："所谓一时火起，故最佳灭火的时候，便应在火初燃之时。若容他烧上几分，成了火势……便一如这地灵山昨夜大火了。"

"我已与谢太初有了约定，又怎么好更改。"宁王突然道。

宁王这话说得仿佛是推却，可仔细琢磨意思又带着几分怂恿。

舒梁笑了笑，垂下眼帘委婉道："王爷未来是天下共主，一言九鼎，一诺千金。这样的事情合该奴婢来办。"

宁王不置可否，倒开口嘱托道："往宁庆卫去一路千里，荒郊野岭之地甚多，天命无常，悄无声息的也怪不得谁。只是若入了宁庆卫，便进了众人眼中，还是得好生照顾才对。"

"是。"舒梁应了下来，躬身退出大帐，快步行至栅栏十二亲卫驻地处，左右一看，并不见沈逐身影，便唤了今夜当值的总骑范宏。

"沈逐呢？"

"沈爷带着南城府司的人回延益寺了。"范宏道，"他说那边吃紧，快马去了有一个时辰了。"

"赵渊被安排在了何处你可知道？"舒梁又问。

范宏挠了挠头："还能住人的帐就那几个，刚出来的时候谢道长把人直接带到自己帐里去了。"

舒梁皱眉："你招呼下面，找二十个人与我同去。"

"是！"

舒梁在雪地中走得极快，不消片刻已带着二十个金翼卫抵达谢太初临时就寝的营帐前，道："凝善道长，咱家叨扰了。"

谢太初帐帘半掩，内里并无声音。舒梁皱眉，命身侧金翼卫掀帘子，果然帐中无人。

舒梁眉头紧锁，对身侧的金翼卫道："速去请韩传军大人。"

赵渊在做梦，他的意识模糊。

耳边传来房屋燃烧、梁栋倒塌的声响，睁开眼睛的时候，发现梦中的自己双腿健全，站立在肃王府外不远处。眼前的肃王府燃起通天大火，火舌吞噬了肃王府的牌匾、门厅、亭台、楼阁、父亲的铠甲、哥哥的长弓、母亲斑驳的妆奁、水榭前那棵垂柳，还有上面那窝燕子……

没有人在他的梦里，却血迹四溅。

回家？

哪里还有家？

他站在血泊之中，双腿无法移动，眼睁睁地看着一切过往都成灰烬，化为尘埃，被吹散在了无穷无尽的黑暗之中。

他从噩梦中惊醒的那一刻,耳朵里依旧是烧塌声……渐渐地,烧塌声凝成了现实中的声响,那是寒风呼啸的声音。

赵渊被谢太初紧紧包裹在披风中,又被他置于马上身前。

谢太初身下快马一路狂奔,沿着山路往延益寺而去,虽然一路疾行,可他已察觉赵渊气息已变。

"殿下醒了?"他问。

怀中之人并未答话。

谢太初仔细凝视前方,即将西沉的月在乌云后只有一个影子,但脚下之路隐约可见。

谢太初一面冒险疾行,一面对怀中之人说:"宁王这个人反复无常,言而无信,却最爱标榜自己如尧舜贤君,礼贤下士。今日当着众人的面被我说动了心,回头冷静下来定要想办法再取殿下性命。刚才巡防换岗松懈,我便乘机带殿下离营。"

雪下得更加猛烈,凛冽的风将大片大片的雪花投掷在谢太初的身上,他头顶的帽已积上雪,眉毛和睫毛上也都是积雪。

唯独赵渊并不曾沾染上风雪,只有肩头略有些湿冷。

谢太初沉思片刻又道:"想必此刻舒梁一定发现端倪,并派出骑兵追击。如今还是得越过延益寺的南城府司兵防……然后……先入庆地,抵宁庆卫。到了宁庆卫圈禁之处,殿下则遵从了自宁王转达的'皇上口谕',至少性命无虞……届时再做打算如何?"

赵渊一动不动。

若他大哭,若他崩溃,若他恐惧,若他愤怒咒骂,若他癫狂无状……似乎任何情绪都比这般的安静来得好。

谢太初在疾行中恍惚想起了过往的零碎片段。

"道长，我有好东西给你！"

那个手捧心爱之物的乐安郡王，那个烟火气十足的年轻人……仿佛被这万千风雪冰封。

山路崎岖，并不好走。

马蹄印记刚在雪中踩踏而出，顷刻便被后面的雪所掩盖。又行两刻，远处出现了一个橘红的亮光，乃延益寺顶宝塔上的永明灯。

话音刚落，黑暗中有人道："何人在此？"

谢太初回眸去看，沈逐从山路那头缓缓而来，他在这里似乎等了有些时候了，比甲上的雪已冻成了冰，随着他的移动，一块块地碎裂，落在地上。

沈逐走得近了，仰头看谢太初。

他浑身杀意，带着几分血腥气，连谢太初身下的马儿都忍不住退后嘶鸣。

谢太初安抚地拍了拍马脖子。

"沈缇骑不在宁王殿下身侧侍候，怎又回了这延益寺？"

"道长去往何处？"沈逐反问，"还带着此人。"

"不放心旁人，亲自送郡王去宁庆卫。"谢太初道，"你且替我向舒梁转达，待郡王在宁庆卫安置妥当，我必归京城。"

"赵渊已褫夺封号，哪里还有什么乐安郡王。"沈逐已握刀柄，"我既是延益寺守备，便不会放一人自延益寺前过。"

谢太初淡然一笑,垂眸瞧他:"沈缇骑话放得狠,可未曾见驻兵,怕是早就找了借口屏退了左右,一人在这里等他吧?"

沈逐沉默片刻,身上的杀意渐淡。

"宁王不会放过他的,这一路定还会有追兵。之后就不会如延益寺这般好对付了。"他说,然后缓缓退开一步,让开了大路。

"走吧。"沈逐别过头去,看向远方,"将士们很快就回来了。"

谢太初也不多话,抱拳道:"多谢沈缇骑。"

他引马前行数步,又听见沈逐唤他:"凝善道长。"

谢太初回头:"沈缇骑还有何事?"

沈逐问:"我曾听探子密报,您与赵渊说过,我似有大劫难又似有大功德降身。想求个明白,所谓大劫难是什么?大功德又是什么?"

他的身影在风雪中若隐若现,雪与夜混杂成黑白纷乱的色彩,几乎要将他吞噬。

"大功德即是大劫难,大劫难亦是大功德。"谢太初道,"命中注定,避无可避,只在一念之间。"

"如此……"沈逐顿了顿,"请凝善道长善待我的……我的……兄弟。"

"我会的。"

此次谢太初甩鞭惊马,马儿箭一般地飞驰出去。

身后的沈逐终于被黑暗吞没,消失在视线中。

又奔驰一阵,天边已逐渐有了光亮,黑色的夜慢慢地褪去,露出了白茫茫的一片大地。

万事万物似乎都被冰封在了这片极寒之中。

谢太初微微拽了拽缰绳,身下黑马喘着粗气慢了下来,再回头去看,来时踪迹已尽消失在了厚重的大雪中,就算是真有追兵来袭,一时半会儿也会迷失方向。

他看了看赵渊。安静的乐安郡王呼吸悄然平稳。

谢太初道:"天怜殿下,降此大雪。"

14

风雪到中午的时候再起。

越往北走,天气越冷,赵渊经历了前一夜的磨难,便不出意外地发起烧来。

他浑身滚烫,脸上升起红晕,喘息急促,意识已然不清醒。

虽有大雪阻拦身后追兵,一马两人,就算走得再快,在中午时,终于是被一列骑兵追赶上来。

此时大黑马驮着二人已经转向西北方向。

最开始的时候,谢太初隐约听见了马蹄声。很快从天边就出现了几个连成一线的黑点,伴随着叮叮当当的铃铛声疾驰而来。

谢太初驱马上了一个山包，勒马回头，凛冽的寒风几乎要将他与黑马吹倒。

"三十骑，总骑带队，装甲精良，却少了些马上兵器。应是从金翼卫中调来的先头兵。"

赵渊昏昏沉沉。

风雪中无人回应谢太初。他也并未期待回应，说完这话，往前路看去，已仔细将前方地形牢记于心，接着他一拽缰绳，大黑马跃起嘶鸣，响彻天地。

果然被那队金翼卫骑兵注意到，迅速锁定目标急速而来。

追兵训练有素，在大风雪中紧紧追着二人不放，长弓虽有，可逆风逆雪并没什么大用，便都不曾用上。又追出五六里地去，逐渐与大黑马持平。

"凝善真人莫走！宁王要召赵渊回营。"领头总骑大喊。

谢太初只低声道："殿下莫怕。"

"凝善真人！谢太初！"

"上弩！"总骑放弃，对手下道，"逼停他！"

下面两个带弩的骑兵抬腕，弩箭飞射出去，在空气中嗡的一声，已抵谢太初背心。可谢太初仿佛背后有眼，头也不回，伸手拔剑，已将那两支弩箭击飞。

"再射！"总骑说。

"是！"

弩箭又飞了过来，这次算得上数弩齐发，结果依然没中。

"谢太初，停下！宁王有令，命你回营！"总骑恼羞成怒，直呼其名。

谢太初及大黑马我行我素,不理不睬。

"大人,怎么办?"身后有人问。

那总骑呸了一口,拔出腰间长刀:"杀啊,怎么办!活要见人死要见尸,舒厂公刚才的话你们没听到?还是你们想空手回去填命?"

谁想填命?

众人听了,摆开队形,打头的两个已经鞭马冲了上去,拔刀直砍。

谢太初腰间长剑犹如闪电般而出,击中二人手腕,骑兵攻势已散。

他并不收手,剑势暴涨,一剑击穿了最近一人的喉咙,风中血雾喷开,大黑马自血雾一跃而出,竟比方才快了两分,如此时刻,还能错开几个身位。

在大黑马上,刚果断杀一敌的谢太初面容平静漠然,丝毫不见惊惧。

追兵似乎被他猝不及防的杀招激怒了,自四周再至,攻势又起。

血光飞溅,再损失两人。

那总骑怒道:"兄弟们,前面就是密林山道,两侧路窄,进去围住逼停后就地斩杀!"

后面金翼卫们应声,快马急速向前,超过大黑马,妄图将大黑马逼停。那总骑终于赶了上来,与谢太初齐平:"谢太初,你敢杀朝廷命官，现在速速束手就擒，还有一条活路。不然就别怪我们对出家人动手。"

谢太初听见这话，终于侧头瞥他一眼。

那眼神冰冷，总骑浑身打了个激灵，心头一觉不好，还未来得及细想，急速行驶中，一行十几骑将大黑马围堵在其中，冲入眼前白雪皑皑的密林。

荒原重归寂静。

片刻后，大黑马自密林中冲了出来，谢太初一拽缰绳，回头去看那林子。他手握长剑指地，不知道是何人的血顺着剑尖滴落在雪地上，瞬间融化。

大黑马不耐烦地打了个呼噜，动了动蹄子，它周身亦有血污，连带着马蹄印记上都是鲜血。

又过片刻，林子死寂，无人出现。

大黑马喘着粗气，专心致志地在雪地里翻找草根，凝善道长终于踢了踢马肚子，大黑马这才得了指令，小步离去。

后半晌谢太初又应付了两队金翼卫人马，有惊无险。

又行了一个多时辰，天开始西沉的时候，再无金翼卫追兵追来。此时谢太初胯下黑马步伐有些蹒跚，急促喘息出一串串白色雾气，随着寒风飘散。

谢太初取了兽皮出来，包裹在赵渊背后，又用软革带缠绕在赵渊手臂上，挪动赵渊手腕的时候，便瞧见前一夜自己留下来的那伤——因着急离开大营，手腕及脚踝的伤口只草率包扎，如今血液渗透了纱布，凝结成了晶莹的鲜红冰花。

谢太初去望来时路，已逐渐黯淡了。

今日的追捕应告一段落，人和马都需要休息。

"夜间找到一避风之处，我再帮殿下重新包扎。"谢太初道。

赵渊如何能听见他的话，寒风中自然无人应答。

行在大营。

舒梁立在风雪之中，面容阴沉，身后有金翼卫撑伞也被他挥开，又等片刻见韩传军骑马过来这才神色稍霁，转身入帐坐定。

很快，韩传军便已入帐。

"舒厂公，我来了。"韩传军道，"厂公急召我来所为何事？"

"韩大人应该有所耳闻，今日金翼卫所派追兵，迄今无一归来。"舒梁站在应天府挂图旁，缓缓开口。

"金翼卫损兵折将，已近七十人。金翼卫常年在京城养尊处优，如今暴雪天气实在是力有未逮，可这事还得办妥。您治兵多年，纵横疆域，座下骑兵更是装备精良……咱家思前想后，也只能来求韩大人了。"

"赵渊？"

"正是。"

韩传军端详挂图片刻，摸着胡须道："厂公莫急。今日风雪交加，谢太初带赵渊疾行，最多走出去不过六十里，如今刚过延益寺不久，只有两条路可走。一是向东，去关平府，祭奠先人，然关平府有重兵把守，他们绝不会迎难而上。如此就不得不走第二条路，按照圣旨向西，绕过居北关，沿着长城一线入宁庆卫，一旦抵达宁庆，进入圈禁之地……毕竟有旨意在先，我等也再难为难赵渊了。"

"韩大人言之有理。"舒梁稍慰，点头。

"此次自离府带过来的卫府军中的下属，有一薛姓百护，曾在边墙关卡之外与鞑虏骑兵数次交锋而不败。座下骑兵未曾卸甲，薛百护正带两百精锐于营中待命。只要厂公令下，便前往追击。一人两骑，轮换疾行，明日清晨，可在居北关附近拦住他们。"

韩传军敲了敲挂图上居北关的所在："届时，定叫他插翅难逃。"

赵渊醒来时，周遭温暖。

恍惚中他感觉躺在自己的床榻上，便含糊地喊了一声："奉安。"

喊出去的那一刻，他就清醒了。

奉安没了，父兄没了……家，也没了。

他聚焦视线，便发现自己躺在一个温暖而狭小的雪洞中，雪洞一侧挨着土堆，周遭铺上了兽皮，头顶搭起了枯枝，外面似乎是层层白雪。洞口有木炭燃烧，没有明火，可暖意从洞口垒砌的石头缝中缓缓溢到了洞穴里。

谢太初抱着长剑盘腿靠在洞口处，正闭眼假寐。

火光在黑暗中勾勒出他侧脸清晰的轮廓，垂下的眼帘在微微颤动，带着一种朦胧的……却无法触及的美。

关平卫和京城的生活遥远得像是上一辈子。

赵渊怔怔地看了他一会儿，直到谢太初在黑暗中睁眼。

"殿下醒了？"谢太初说。

赵渊习惯性地垂下头。

"我们在何处？"他沙哑地开口问，他昨夜悲痛过度，喉咙红肿，声音沙哑，疼痛难耐。

"我们已过延益寺，准备往北走，内长城年久失修，找到缺口后绕过居北关便可顺着边墙防线去往宁庆。"谢太初顺手帮他拢了一下身上的兽皮，"这里是一处背风的荒地，离大路远一些。马儿我也拴在了别处。应是安全的。"

"哪里那么容易。宁王不会放我走。"赵渊说。

"殿下。"

赵渊抬头看他，谢太初凑过来一些，直视他的双眸："我会竭尽全力，护送殿下离开。"

前一天所有的事情涌入赵渊的脑海，像是梦，可这梦也被人硬生生地撕裂成了两半。

一半是天光乍现的希望，另外一半的黑天里已有魑魅魍魉乱舞。

谢太初见他不说话，便从篝火旁取了温好的烧酒和烤软的腌肉喂他吃。赵渊也不抗拒，喂了便吃，只是吃了就吐，一口气能吐出胆汁。

然而这似乎让他神志清醒了一些，待干饼子再递到面前时，他捂着嘴摇头。

"殿下多少得吃些东西。"谢太初道,"若不吃些东西,如何抵御这极寒的天气?"

"不……"他低声开口说话,声音沙哑虚弱,"不要了。"

谢太初也不再劝。

赵渊浑身高热虽退,却依旧虚弱,又因刚经历过痛彻心扉的大难,连身体都无法控制地开始微微痉挛,尤其是受伤的左手,在微微发抖。

狼狈,软弱,无用……赵渊怔怔地看着自己的手,自厌之情溢满……

"当时情急之下,用了这权宜之计。"谢太初道,"殿下勿忧,只为掩人耳目,会好的。"

赵渊别过头,问:"我父兄尸首呢?"谢太初从怀中掏出一只包裹着软物的绢帕,递过来。赵渊打开,里面是两支发簪和两束黑发。

"一路逃亡,只能将肃王及世子的尸首就地入土。还剩下这些,给殿下留作念想。仓促之间,难以周全,殿下莫怪。"

赵渊盯着那两束头发,怔忡了片刻,缓缓攥紧,捏在手心。

"宁王……"他拼尽全身力气,才没有让自己哭出来,"宁王赵戟身负天命,乃天子之命……你同赵戟所言,是何意?"

"宁王以为我可通古窥今。有谣言说——"

"不是以为。"赵渊急促地打断他的话,"谢太初,我只要你说实话。你算得出吗?你真能算出这命运走向何方,倾星阁真的可断天下？"

谢太初沉默片刻，抬眼看向洞外远处黑暗中的山峦。

"恰似西出昆仑延绵不绝的山脉，又如滚滚东流的江河大川……纵观古今，亦可推演出未来之一二。"谢太初道，"我算得出，亦可断天下。"

"所以说……所以说宁王为未来天下之主，并不是诳语？"

谢太初又沉默一刻，道："是。"

"你什么时候推算出此事的？"

"在倾星阁时。"谢太初道，"来京城时……见到宁王时，便笃定了。"

"那太子呢？那我父兄呢？"赵渊眼中之泪盈满，连带着胸口酸涩刺痛，他用唯一能动弹的左手按住胸口，急促又问，"还有皇太孙！还有谒陵之乱中死去的诸人！"

"宁王命定，则众生命定。"谢太初道。

宁王命定……众生命定。

成就一个帝王，便要用无数人命来填吗？

赵渊愣了愣，终于落泪。

"一年……"他哽咽道，"你第一次见宁王是在一年前面圣时。整整一年……你如何做到明明知道这些人都会死，却依旧行事如常？人何以冷血至斯？"

谢太初依旧盘腿坐在洞口处，不动如山。染血的长剑靠在他的左肩，黑袍上沾满属于敌人的血迹。

燃烧的火焰缓缓熄灭了，只剩下一星半点的火光。

雪洞中的温度也慢慢飘散，寒冷刺骨的感觉似乎塞满了整个洞穴。

　　"天地不仁，以万物为刍狗。殿下忘了，倾星阁尊天地大道……"他看着那暗下去的星火，又回头去看赵渊，"而天道者，无亲。"

15

　　"天道无亲。"赵渊重复这四个字，只觉得异常滑稽，含着泪就笑了出来，"你劝我为天下苍生而落泪，却又对眼前众人之死无动于衷。旁人对你来说……甚至是世人对你来说，算是什么？是颠沛红尘的蝼蚁？是死生无息的蜉蝣？抑或是向宁王邀功讨好的工具，用这行在大营数千条人命，换一个国师之号，换一身荣华富贵？"

　　谢太初说："功名利禄如过眼云烟，荣华富贵亦似粪土。我从无此等想法，殿下低看我了。"

　　"那你告诉我为什么？"赵渊问他。

　　"殿下……"

　　"为什么！"赵渊质问，他眼神悲戚，孜孜以求一个答案，"为什么为了这天道必然，我赵家必须骨肉相残？为什么合该我家破人亡？为什么袖手旁观？"

谢太初沉默片刻，开口答道："太祖皇帝开国，大封宗亲子弟，定边塞九王，本是为了戍卫北边，以定大端基业。后诸位皇帝效仿太祖，封血亲藩王于中原。藩王不够了封郡王，郡王之子孙又封镇国将军……子子孙孙无穷无尽。"

"赵氏宗亲，只要上了玉牒的，便可永世不用纳税交粮，又在封地内广占田地，私设亲兵，大肆敛财。最开始的时候，宗亲数量有限，倒也过得去。然而三百多年天下太平，宗亲数量激增，弊端已现。殿下可知如今尚活着等朝廷供奉的宗族之亲有多少？"谢太初问。

"多少？"

"我多次入御林戚翻阅金匮玉牒，在册宗亲竟以十万余计。朝廷无力承担宗亲俸禄，宗亲们便想着办法侵田占地。富饶一带更是有言：天下之田，其五有一归天子，其五有一归儒绅，另有其一归宗室。"谢太初道，"耕者无田，便没有钱纳税，朝廷便收不上税金。大端二十二代，到泽昌年间，一年收入之税银竟不如开国时一半。长此以往，大端必溃。"

说到此处，洞外风雪更盛，透过枯枝叶的缝隙，吹入了雪洞中。

谢太初便挪了挪位置，挡住了洞口，任由风雪落在他背后肩头。然后他掰碎些枝叶，扔入篝火中。

"大端百姓在册六千万，都是手无寸铁之人。届时堤溃蚁穴，疆域版图四分五裂，外族乘虚而入，锦绣河山成人间地狱。"他问赵渊，"国破则家亡，生灵涂炭，血海中惨死之人又如何计数？"

那火慢慢又燃了起来，点亮了这方小天地。

两个人安静地坐着，外面的风雪声似万鬼凄厉而哭。世界消失了，只有这雪窟中的二人仿佛在小船上，起起伏伏，摇摇欲坠。

"为何是宁王？"赵渊又问，"太子不可以吗？太子不能解决宗亲积弊？谒陵前，太子已下定决心削藩。"

"太子虽有帝王之相，却酷似贤帝，极重血亲，怀柔处世，最终做不了这样的断腕之举。"谢太初摇头，"而宁王性格乖僻多疑，又以藩王之位逆势而上，心里清楚藩王的威胁。待他端坐庙堂，定要重拳出击，削藩集权。"

"所以你为宁王谋划，推波助澜，任由太子惨死。"说到这里，赵渊声音压抑发抖。

"不是我推波助澜，我何来这样的力气？"谢太初回答他，"殿下还不明白吗，我昨日若强行救太子，救肃王……每救一人，也许未来便会害了千人、万人。天地自然，万物自治，各有各的法则，在这样的大道下，任何人的作为，也不过是螳臂当车……"

赵渊听他侃侃而谈，谈论太子，谈论皇帝宗亲，甚至谈论每一个已死之人，都泰然处之……仍是谢太初过往儒雅之姿，只是如今从他口中吐露出的字句都太过残忍冰冷……

一叶蔽目，不见太山；两豆塞耳，不闻雷霆。

兴许是他双腿残缺了，亦烧晕了脑子。

赵渊只觉得从未了解过谢太初，亦未看清过这个人。

"你再诡辩也好，再义正词严也罢。我只知道……昨夜被拘禁的是我皇爷爷，尸骨不全的是我的父兄，被逼自刎的是我的二叔。我做不到如你这般冷静自持，还能分析天下未来局势。"赵渊自嘲地笑了。

谢太初本还欲说什么……然而看到赵渊悲戚的面容，便缓缓抿嘴沉默下来。

"你应该任由沈逐杀我。"赵渊笑起来，已有些癫狂，"我死了，便与父母兄长黄泉一处，能成全你的天下大道，更不会成为你的负担，让你为该不该回京城为新帝效忠为难。"

"'倾星阁乱世出，出必安天下。'……这就是无情道吗？表面玄之又玄，不过袖手旁观而已。"赵渊怅然一笑，抬头看他，"见死不救如何心怀慈悲，一人不救何以救天下苍生？谢太初……说得再冠冕堂皇，你也不过是沽名钓誉、欺世盗名的骗子。"

乐安郡王，是京城出了名的好脾气，没有贵族架子，也不贪图享乐，平日爱好不过琴棋书画。

可如今……赵渊所说的话掷地有声，几乎是直问入谢太初心底。这样决绝的赵渊似乎从来不曾出现过。

谢太初不知为何，心头竟觉酸楚，一时失语，无以回答。

赵渊含泪而笑，笑不可遏，笑得泪流满面。又过了好一会儿，他方才勉强平复了悲痛之情，别过头去不再看谢太初。

"我不敢再拖累凝善真人。"赵渊道，"天亮时，便将我放在大路上，你自行离开回应天府吧。届时诰命在身，又为国师。辅佐宁王荣登大宝，倾星阁之神话便可传世了。"

他蜷缩在兽皮下，长发披肩，再看不清容颜。

"殿下并非负担。"谢太初低声道。

可此时的赵渊身处绝望悲痛之中，又如何听得到他的辩解。

风雪声呜咽，盖过了一切。

赵渊浑浑噩噩地睡了并无多久，便被谢太初唤醒。

此时洞口的枯树枝已被移开，炭火被踩灭，而谢太初已将行李收拾妥当。

"殿下，此时得出发了，后面骑兵怕快要追上来了。"谢太初道。

"我说了不再拖累……"赵渊还要再言，谢太初哪里听他多话，将兽皮一裹将他整个人带走。

此时天有微光，大黑马拖着箱笼在雪地里翻枯草吃，谢太初也不多言，翻身上马，带着赵渊便一路往西北而去。

今日他动作比前一日更显急促紧迫，连表情都已凝重，不由得让人感觉身后不曾出现的追兵更有威胁。

这一路大黑马几乎是撒腿狂奔，一点力气都不留，向西北疾行。

便是如此，天亮的时候，仍听见了密集的马蹄声从身后而起。

赵渊已看到了自天边出现的兵线，有两百骑兵、四百马匹。在远处拉出一条黑色的长线，正在迅速接近。

"这拨是离府的精锐骑兵,如今快要咬上来了……十日前还在京城时,我便放了信鸽向拢州的福王求救,如今福王府兵也应快到附近,只要再撑一时,福王兵到,殿下便可脱离险境。"谢太初在他耳边道,"殿下莫怕。"

"驾——"谢太初又鞭激大黑马,再提速几分。

如此追赶不到半个时辰,身后骑兵已近,已可见他们盔甲寒光闪闪,更有长柄重弓在侧。

又行几里,转过山坳,便见几十人的轻骑马队等在前面。

对面吃喝道:"来者何人?可是凝善道长?"

"正是。"

为首的两个年轻人速迎上来,其中一个年纪大些的抱拳大声道:"拢州福王属下,拢州左护卫营千护阚玉凤,拢州左护卫营百护陶少川,领福王令前来迎接乐安郡王!"

说完这话,一人掏出福王令抬手扬起。

谢太初待看清楚了福王令这才勒马减速,至二人身边。

"后有追兵。"他简明说道。

阚玉凤对他道:"道长带郡王先走,我与少川断后。"

谢太初摇头:"是韩传军属下骑兵,目测二百余人,装备精良,无法硬拼。"

韩传军的名声北边诸将都听过,阚玉凤一怔:"道长勿惊,我等誓死保卫郡王。"

谢太初解开系在赵渊身上的腰带,将他置于阚玉凤身前,待阚玉凤安置妥当,这才对他道:"还请二位将军将郡王送抵宁庆镇妥善安置。"

谢太初下马,解开大黑马身上的箱笼,对它道:"走吧,别伤了你。"

"道长这是何意?"

谢太初抬眼,看向赵渊,笑了笑:"我来断后。"

年轻点的陶少川已经沉不住气:"你个臭道士逞什么强,难道你能比我们福王府兵更厉害吗——"

"少川!休要冒犯!"阚玉凤喝止道,"道长,我弟弟虽然冲动,说得却没错,您……"

"我已人困马乏,尤其是身下大黑,再难蓄力。二百精兵,二位所带人马也并不能够抵御多久。"谢太初劝道,"若二位身死,他们追上乐安郡王是必然的。如今最稳妥的办法就是我来断后拖延追兵,二位沿着北边长城一线快马带郡王入宁庆。待入圈禁之地,殿下才算是安全无忧。不然一切便毫无意义。"

"可——"

谢太初双手而拱,一躬到底:"殿下一身安危,便托付二位少将军了。"

此时身后大地震动,马蹄声如雷声阵阵自远处而来,情况已是万分紧急,容不得再议。阚玉凤咬咬牙,拽着缰绳对谢太初说:"我等必定保郡王周全!"

谢太初抱拳:"多谢。"

赵渊忽然开口:"谢太初!"

"殿下……"谢太初上前,仰望于他,"殿下还有什么要叮嘱?"

赵渊含泪而笑："谢太初，你有你的道要走，我有我的路要行。从此两不相欠，相忘于江湖。"

福王马队已带着赵渊离开。大黑马也奔入密林之中。

山谷中风雪之声犹如怒吼，推搡着一切，要将所有胆敢站立之物推倒，密林在层层风雪中摇摇欲坠。

身后韩传军马队已至。

有人怒骂："什么不要命的东西，站在路间拦着军爷们！"

"说话啊！"身后之人依旧骂道，"什么人？"

谢太初转过身去，抬眼看向身后密密麻麻的骑兵，缓缓拔出了长剑，不止于此，短剑随后亦出。

那短剑通体猩红，说不出的鬼魅狰狞，出鞘的一刻，风雪中便似听见了万鬼痛哭的哀号。

"在下，谢太初，道号凝善。"

此时的谢太初，双目漆黑阴森，杀意已淡淡浮现。

16

"你想好了吗？真要修习无量功法，走无情道？"

"是。"十四岁的谢太初安静站在阶下，抱拳鞠躬，"请师尊成全。"

阳光正透过松针铺洒下来，知了单调嘈杂。正值晌午，众师兄弟用膳后皆回房小憩，只有无忧子坐在抱厦中翻看不知名的残本。

"你知道无量功法是什么吗？"无忧子忍不住问他。

"我知道。"谢太初说，"无量功法自王禅老祖创立而来，又历经千年改进，如今已是本门典藏圣学。习此功者，不仅于武学大进，更重要的是于天地大道研习有大裨益。"

"研习大道的路子多了，何必要学这个功。"无忧子有些忧愁，"儒家、法家、墨家……要学武功，哪门哪派的绝学没有？或者干脆不学，种种地，养养花，下下棋，作作诗……学学你那些个师兄们，让为师省省心。"

"我熟读百家经典，自觉唯有无量功法乃正途。"谢太初回答。

"那你懂什么是无量功法吗？"

少年困惑："师尊何意？一个问题问两次。"

无忧子没好气地扔下了话本站起来："你随我来。"

二人笔直穿过松林，松林后乃倾星阁祀堂，供奉诸位先人牌位。平日鲜少有人来此间，长满青苔的祀堂紧闭门窗，安静地沉睡在山阴之中。

无忧子推门。

阳光从门缝里钻进去，照亮祀堂的神龛，神龛中放着十几个琉璃牌位。

"大端建国三百三十四年。我倾星阁存在已有三百三十四年。"无忧子道。

"大端太祖皇帝与我倾星阁老祖曾有约定，以我倾星阁众人之寿命供奉天道，以保大端国万代不陨，始立倾星阁。其间，我倾星阁诸位得道仙师前仆后继，力挽狂澜，多次重布星宫，以身家性命挽救大端朝命数，使百姓可安居乐业，休养生息。

"倾星阁神秘莫测，本应受皇室忌惮，却能在蜀中高枕无忧地过日子，也是因为这个原因。大端国运皆系倾星阁。"

谢太初听了也不震惊："这些事情，我都听过。可大端自二十年前开始天灾增加，异象丛生，外族犯境，官场腐朽……我倾星阁之人义不容辞，应身先士卒。"

无忧子不赞同："你能不能少有点莫名其妙的慈悲心？"

"只想尽一份力而已。"谢太初回道。

"天道无幸无情，无私无顾。人要窥天，自然亦只能修无情道。无量功法便是无情无爱、斩断尘缘之功法。此功九重，如登九天云霄。每进一重，便离天更近一分，自然少了情爱欲念。

"可人本就是生灵，七情六欲乃人之本能。谁能克制得了这样的本能？谁能真的无情？修了无量功法以至于走火入魔，罡气反噬，最终坠入嗜血杀生的邪路……甚至陨落之人不计其数。"

无忧子一脚踹开祀堂大门，一片漆黑中密密麻麻、层层叠叠的牌位露了出来。

他抬手指着这数百牌位，道："你看看这些人，你看看倾星阁为窥天道所铺下的血路。这些先祖同门，死时寂寥，死状惨烈，无人知晓。大端朝二十余代传承，就为了那个无足轻重的约定，就为了虚无缥缈的天道，死的人还不够多吗？这王朝的寿数值得这些人前仆后继吗？"

他质问，声音响彻大殿。

嗡鸣声从殿内四面八方汇聚过来，像是无数魂魄从历史尘埃中醒来附和他，竟让人觉得耳鼓嗡鸣，谢太初不由得退后一步。

"师尊如果是说这个，我清楚。"谢太初顶着无忧子的压迫回道，"我想过了，我要走这无情道，我要修这无量功法。"

无忧子罡气萦绕，大袖鼓起，威压让谢太初甚至难以呼吸，他边走边道："你若说你可以绝情绝爱，我不稀奇。那中间琉璃牌位上的十几位也都克制隐忍，躲过了走火入魔。可他们为何还是成了块牌子？你这个糊涂蛋可想过？"

"窥天，是为了改命。"他道。

谢太初咬牙忍住了内心的颤抖，没有再后退一步。

"而改命必须付出身死的代价。你可想清楚了？"无忧子又问，"你会死。"

"师尊，我不怕。"

"凡人之躯，如何比肩神明？窥天者，可入世，可从龙……却绝躲不过逆天改命带来的反噬。要救天下救苍生只有这一条路走吗？难道你的师兄弟们走的路子不是正途？"无忧子走到他身侧，眼眶红了，"我从死人堆里捡你回来，不是为了让你扛这重担的。倾星阁死的人够多了，不差你这一个笨蛋。"

"师尊，你救我之时，我……已是天弃之人，并无至亲。唯有一己性命，无牵无挂。"

"我救你，本不为此。"无忧子说，"修无量功法是必死之局。"

"若修习无量功法真的可救无数人，又为何不可赌上我一人之性命？便是后来走火入魔，也要搏一搏！倘若我不成，也已尽力。"谢太初跪地，仰望无忧子，掷地有声，"民生艰辛，不止于我。家国兴亡，匹夫有责。我已想得清楚明白。还请师尊教我！"

无忧子站在廊下，仰望苍天，只觉悲伤无力。他拦不住谢太初，自一开始他便知晓。

许久后，无忧子叹息一声道："好，我教你。"

谢太初手中子母剑招招朴质又狠厉，便是装备精良的骑兵，在他手下亦抵不过三招毙命。

他身侧三丈之内，鲜血铺遍，残肢遍地。

失去了主人的军马茫然四散，他抬眼看过来的时候，便是久经沙场的骑兵，亦被他的气势所迫，不约而同地后退了一步。

薛百护一拽缰绳，怒斥道："你们退后作甚？老子的队伍两百人，盾牌长矛人人都有，他不过一个道士，还能凶残过鞑虏兵？怕什么！上前给我碾压过去！"

"百护，他好歹是舒厂公看上的人，也是宁王看重的国师啊。万一咱们真……到时候怎么交代？"副将劝他。

"放屁！搏杀之中，焉能顾虑这些！不杀眼前人，就追不上赵渊。这难道不是死罪？"

这队骑兵竟一时起了争执，让战斗双方都略微得以喘息。

然而谢太初并不太在乎——他胸口似有一把钢刃，已将他左胸刺开，剧痛随着心跳一起一伏，让他无比难受。

这样的痛楚压倒了眼前的危机，压倒了这生死之争。

他的思绪在这时间的缝隙中，不由自主地又飘远了一些。

天下动荡，北边外族逐年蚕食大端疆域；数年灾祸丛生，东北大旱而西南洪水；秋末温度便开始骤降，奇寒彻骨，冻死百姓无数。

大端朝病体沉疴，乱世之象已现。

谢太初向师尊辞行，下山抵京，以倾星阁门徒身份受朝野上下重视，于朝堂上见宁王，与推演无二，众人皆命系宁王。

大道之争还未开始，在他眼中却似已尘埃落定。

他被指派为太子侍讲，寻找那个契机——逆天改命，为大端再续寿数的契机。

去年顺穆圣皇后忌日前后，谢太初于太子赵霄的瑞德宫内讲完大道，太子对他道："孤有一皇侄，是肃王次子，常年留京，在孤膝下长大。他脾性恭良温和，又聪慧过人，孤素来疼爱之。只可惜双腿少时有疾，访遍名医而不可治。孤知道长医术高超，已派人请他过来，道长可为其医治否？"

"在下自当尽力。"

说话之间，有轮椅滚轴之声自殿外而来，宫人喊道："乐安郡王到——"

人未至，而声先达，谢太初听见了那个声音。

"赵渊见过太子殿下。"

这个声音委婉动听，字正腔圆，像是打磨过的玉珠落在盘中，又似春日第一场细雨拍打竹叶婆娑。是少时清晨的山村，雾气萦绕，牧童引牛行走于田间，牧歌傍身而来；是傍晚火烧云下，清澈的溪水旁，母亲浣纱时引起的层层叠浪。

车轮滚滚，进入殿内，人影已现。

太子赵霄对他道："凝善真人，这便是孤的侄儿，乐安郡王赵渊。"

谢太初起身去看赵渊。

他好像见过他，是在梦中，在斑驳的记忆中，在无法追溯的前世轮回中，仿佛他是少年创痛中遗失的片刻喜悦，又或者是勘不破的那个谜题……

然而他看不清赵渊的未来。

赵渊的命途迷雾重重。

乐安郡王无措地垂下眼帘，笑问："凝善道长为何这般瞧我？"

他掖袖后退一步，起身作揖，不卑不亢道："在下谢太初，道号凝善。见过郡王殿下。"

"素闻道长雅名，道长不必多礼。"乐安郡王回他。

在这一刻，他想救赵渊的念头，已在救天下之前。

谢太初反手持剑，将一人拽至马下斩首，鲜血飞溅之时，自己气血翻涌，一口血吐了出来。

他缓缓起身,以袖拭面,自己的血与敌人的血混在一处,在掌中竟分不清楚。

薛百护一看,只觉得时机已到,拔刀喊道:"兄弟们他受重伤了,一起上啊!"

剩余骑兵精神大振,一拥而上。

谢太初原地站着,对周遭的危机似无所觉,他怔怔地看着掌心。

薛百护手下并不含糊,抬手便砍。

可谢太初已似鬼魅一般闪开,还不等薛百护有所反应,他已出现在了薛百护身后,短剑抵在他的喉咙上。

谢太初声音飘忽,问他:"他说我是欺世盗名之徒……你说……我是不是……我亦觉得自己卑劣。"

薛百护浑身发抖:"放开我……饶……"

谢太初哪里理他,他抬手一刀,割断了薛百护的喉咙。

居北关附近的这场屠戮终于结束了。

红色的血流淌成河,缓缓蜿蜒而下。整个山谷间烟雾蒸腾,隐有血色。

大黑马从密林中小跑出来,顺着熟悉的气息钻入雾气深处,走到一人身前。

那人长剑插在地上,手中只有一柄猩红的短剑,之前短剑只是血红,如今饱饮了人血,已猩红发黑。

他浑身道服湿透,贴在身上,发髻散乱,长发披肩,连长发都已湿透浸润人血。整个人坐在道中的箱笼上,以肘撑膝,疲惫不堪。

大黑马上前，舔了舔他的脸。

谢太初恍然回神，摸了摸大黑马的下巴。

"你还在。"

大黑马呼噜一声。

他又看手中短剑。

"此子母剑名曰道魔，长剑为道，短剑为魔。本意是以道心压制邪魔，以警醒自己走无情大道。可如今……"谢太初自嘲地笑了，又咳出血来，他捂着胸口急促喘息许久，"终归是道高一尺魔高一丈罢。"

大黑马甩了甩尾巴。

"我……做了些错事。"谢太初看着自己的手，有些疯癫地笑了几声，"可没有办法，我看不到他的命数，他本应死在谒陵之乱中。若他不争这天下，不为这苍生而活，便没有未来……"

他仰头透过迷雾去看苍天。

"我见他，便懂了。宁王命定，众生命定……我却不愿他身死在先……我要推他出这命中注定的死局。"

便是入世从龙，便是身殒，不悔。

他安静了好一会儿。

剧烈的消耗、浑身的伤痛，让他眼前恍惚，故而过了半晌他才能强撑着开口。

"我要去见他。"他说。

他跟跄着站起来，把箱笼打开，翻找一二，随便拽了件衣服，乱糟糟地披在自己肩头，也不管是什么，只要不让自己再失温死在这里便好。接着他拽着大黑马的鬃毛翻身上马。

"走吧。"他伏在马背上，昏昏沉沉道，"带我去见他。"

大黑马似有灵性，听懂了他的话，便缓步往西北宁庆卫方向而去。

马背上一起一伏，谢太初陷入了黑暗之中。

恍惚间，他想起了那一日松林中的无忧子师尊。

"命数是什么？真的有命数吗？我等之死真的有为大端续命否？还是大端本就不到亡国乱世？为了这样的虚妄的言论、虚妄的命数，要一个人、数百人……去死……应该吗？便是我潜心修习，翻阅数万典籍，竟也没有答案。"

他身形怅然，向天而问，似是问天又似问己。

然而苍天寂静，并未回答。

17

寅时过半。

黑夜压城，可瑞德宫内灯火通明。

宫人们悄然搬动着属于前太子的物品，还有皇太孙的那些小孩玩意儿。如今这座宫殿的新主人已更衣完毕，正坐在榻上翻阅提督东厂送过来的密报。

有宫人在为他着靴,却被他突然一脚踹开,撞到香炉上,紫金香炉被撞得一晃。宫殿内所有人都匍匐在地,悄然无声中蔓延着一种无形的恐慌。

宁王赵戟……现在或许应该称呼其为太子,抬首看了下从内到外跪成一片的奴仆,最终视线盯在了舒梁的背上,盯了一会儿,才开口淡淡道:"都愣着作甚,再一刻便是御门听政的时候。孤这是第一次以监国太子的身份出现,总不应错过点卯吧?"

众人应是。

那着靴的宫人还要上前提靴,却被舒梁阻拦。

"新来的宫人手脚毛糙,还是奴婢来吧。"舒梁道。

赵戟不置可否,只翻看着手里那两页薄薄的呈报。舒梁便膝行到他脚下,让他踩在自己膝上,为他提靴。

"先杀金翼卫数十……"赵戟念道,"又击溃亘州百护骑兵队伍……薛二战死,下面骑兵重伤者过半。谢太初身受重伤,呕血以致几乎气绝……偏偏是面对着这么一个将死之人,薛二的副将肝胆俱裂,丢盔弃甲,以至于剩余众人闻风而逃,竟然都不敢回地灵山复命,一路回了亘州?"

舒梁指尖一颤,应道:"是。奴婢命人抓了逃兵回京,就地正法了。"

赵戟捏着那薄薄的呈报冷笑了一声:"谢太初难道是什么三头六臂的魔头吗?"

"是奴婢有侥幸之心,低估了谢太初。"舒梁为他提好两只

第二章 山穷水尽

靴子，叩首道，"请主子治罪。"

"一个谢太初竟然就能让你舒梁乱了分寸……确实有些出乎意料。他的尸首可曾找到？"

"激战之后，生死不明。"舒梁回道，"命人去搜索，血肉满地，不分敌我。"

"等他回来为孤推演命数，断未来平众怒。这会儿人死了，可就难办了。"

舒梁以头抢地："奴婢有罪。"

赵戟放下呈报，站起来行至窗边，眺望远处屋檐，屋子里便安静了下来，只有铜壶滴漏之声缓缓响着。

舒梁偷偷抬头瞧赵戟的背影，试探地问："求问主子，赵渊入庆已成定局，未来如何处置？"

赵戟沉思片刻，一笑道："有命逃过地灵山，却不一定能离开宁庆卫。贺山下没那么好待，看他命数吧。"

赵戟自瑞德宫内乘步辇走会极门入了皇和殿前。

沈逐命金翼卫在前警跸，自己跟随赵戟的步辇一并前往，前些日子下的雪已在踩踏中压实成了冰，过了金护河，就见百官着常服立在黑暗中，那中间有他不熟悉的权臣，亦有他熟悉的朋友……然而所有人看过来的眼神都分外陌生和警惕，像是他还拿着先太子血淋淋的人头。

沈逐知道自己已没有回头之路，而这条路本就是他的选择。

商贾之子，还能有什么更好的前程吗？

士农工商，商籍不过是末等。

一人经商，则全家不可穿绸缎，只配用绢、棉布和纻丝。

一人经商，其人及后代不可参加科举考试，商人便不可做官。

他父亲不过是个小商贩，若不是田地被侵占，又怎么会被逼贩卖货物为生，摸爬滚打，吃尽苦头，伏低做小，抬不起头？

他们明明与其他人没有分别，却成了只比奴婢好一点的下等人，贱民。

所以父亲才倾家荡产送他入了金翼卫，才一步一步走到现在。舒梁能给他的，已是最好的选择，亦是最快的选择。

又或者……商贾之子从未有过选择。

于是他深吸一口凛冽的寒气，抬眼看向最远处，皇和门下，宫灯照亮的地方，是空着的龙椅。

赵戟刚下辇站定，便有人出列质问："宁王做此等禽兽之事，心中可还有君父！"

他抬眼扫过去，乃礼司主簿伏兴学，六品京官，投石问路的马前卒。

他连口都懒得开，抬了抬手指。

舒梁扬声道："咆哮朝会，不敬君上，拖下去！"

伏兴学便已经被两侧的金翼卫拖了下去，按在金护河旁，打了二十廷杖。惨叫声不绝于耳。

惨叫声中，终于又有人忍不住，出列怒道："敢问殿下，这是什么罪名？"

"先太子已废，如今在诸位眼前的乃监国太子。见太子如见君父。伏兴学出言冒犯,咆哮朝会,该打。"舒梁道。

那人又道:"臣在问宁王。一个内竖阉奴,在朝会上哪里有你说话的份!"

舒梁脸色阴沉地瞪他,又要让人拉下去廷杖,赵戟已经开口问:"你是何人?"

那人拱手道:"臣司翰编修汤清波。"

赵戟听了笑了一声:"汤清波?那个霜降前,玉衡楼下大骂朝廷,想要削藩的汤浩岚……是你什么人?"

"正是臣子。"

赵戟问:"汤浩岚何在?"

汤浩岚自几日前被抓,腿伤未曾痊愈,一瘸一拐地出来,站在汤清波身侧,躬身道:"学生司翰院正利士汤浩岚,见过宁王。"

"父子两司翰,三百年间十修撰,汤家也算是书香门第。"赵戟点头,问汤清波,"此次霜降谒陵,你可是随行史官?"

"臣正是谒陵的随行史官。"汤清波道。

"孤倒好奇,此次谒陵,你记了什么?"

"按实记,按史记。"汤清波又道,"谒陵之乱,已在史册中留下,便是宁王您巧舌如簧,也抵不过后世万代的骂名。"

赵戟反问:"若要你改呢?"

"臣是史官,不敢不记,更不敢改。"

"不改?"赵戟又问。

"绝不。"

赵戟眼神冰冷,吐出两个字:"杖毙。"

朝内一阵骚乱,还不等反应过来,沈逐已领命对金翼卫道:"来人,拖下去杖毙!"

他说完这话,抬眼一看,汤浩岚正用难以置信的眼神看向他。

沈逐一怔。

可身侧身着锁子甲的金翼卫已上前反手擒了汤清波,拖至金护河畔,挨着伏兴学接受刑罚。

赵戟又问汤浩岚:"升你为修撰,你呢?改不改?"

他言语轻描淡写,可枭雄威压逼人,光是看向他的眼睛,汤浩岚已觉得胆战心惊,一时失语。

"我……我……"

汤清波怒喝:"浩岚!莫要丢了我汤家十世清名!"

他话音未落,廷杖已起,打断了他的话。

汤浩岚开始惊惧,听了这话,此时倒不怕了,虽然脸色苍白,却已视死如归:"子承父业,臣若为史官,不敢不记,宁死不改。"

赵戟叹了口气:"那孤成全你。拖下去吧——"

金翼卫应声又抓汤浩岚,路过沈逐眼前时,汤浩岚又看他一眼。那一眼神情复杂至极,失望至极。

"踏着人血往上爬是不是如你所愿?沈逐,这可是你要的?"汤浩岚哑着嗓子问他。

质问像是利剑,刺穿沈逐,让他当场呆立。

一时人群中安静了下来。

"隶司尚署段致何在?"赵戟问。

段致出列,抱着笏板躬身道:"臣在。"

段致五十来岁,他的儿子、赵渊的好友段宝斋与他极为相似,只是脾性相差甚远。

"孤没记错,那奏疏是隶司联合察都院、司翰院上的吧?"赵戟问,"你就没什么话要说?"

段致躬身道:"彼一时,此一时。国家方略,因地制宜,因时制宜。当时要削藩,现在不一定要削藩。过往之事,过往议。还望……太子明察。"

说完这话,段致竟俯首跪地请罪。

百官不耻,有人辱骂之。

赵戟缓缓踱步,坐在了舒梁早就为他备好的凳上。

他盯着骚动的人群,笑问:"当初跟这个汤清波一起上奏疏说要削藩,尤其是要削孤的藩地的……都还有谁?段爱卿可记得?点名出列让孤瞧瞧?"

段致应了声是,回头点名道:"隶司巫伟祺、左鸿宝,司翰院蒯文赋……察都院蒋才捷……"

他每点一人,便有金翼卫进去拖出一人来。

陆续竟然有三十多人出列。

察都院蒋才捷刚烈,破口大骂:"赵戟你个乱臣贼子!段致你个卑鄙小人!"

赵戟揉了揉额心:"杖毙。"

金护河畔，杖击惨叫之声持续传来。

鲜血缓缓蜿蜒，落入河水中，照耀着缥缈的宫灯，真染上了几分波光粼粼的红金色。

这场刑罚漫长又绝望。

赵戟没有皱过一次眉头。

他深知要让这些士大夫屈膝，比在战场上让敌人屈膝难多了。他们的身后的宗族世家，利益交织，让这一切更加复杂。

这场靠着棍棒撕碎士大夫遮羞布的戏码，终于在术阁左辅耿振国出班躬身称呼赵戟为"太子殿下"后暂告一段落。

可皇和门前诸位都十分清楚——霸权与文官之间的权力推手，在未来还会以人命为代价继续上演。

窃钩者贼，窃国者侯。

车轮滚滚，总会碾压死一些蝼蚁。

这数十条人命在窃国之争中，也不过是一个个微不足道的、引不起人怜悯的、无关紧要的数字而已。

十五日后。

伪装成商队的赵渊一行人，再次到了黄河边。

阚玉凤掀开马车帘子，对赵渊道："公子，过了黄河宁庆镇就快到了。要不要瞧一瞧？"

赵渊被半扶半抱着，坐在了马车外缘，从车队所在的半山上可见奇景。

荒凉的漠北风沙中，黄土地被分割成千沟万壑，前面是平缓结冰的黄河，过了黄河景色一变，出现了苍绿之色。

天际最远处是一片巍峨连绵的山脉，那是自古以来兵家必争之地——贺山。

它阻拦了自漠北而来的风沙，成了不可逾越的天堑。

在它环抱之下，清澈的黄河蜿蜒流过，浇灌了两岸的土壤。

草原、耕地、密林、盐池、矿仓……上天在西北一角嵌入了一块锥子形宝地，孕育无数宝藏。

这便是以宁庆镇为前沿嵌入鞑娄境内，自西向东，覆盖宁庆中、天州、宁庆后卫等四十七个城镇的边陲重地——塞上江南，宁庆。

第三章

天道无亲

18

赵渊自梦中惊醒时，天还半黑着。

呜咽的北风从窗户纸的缝隙中钻进来，窗框附近凝结了冰花，一路到地面。

而在草房中，那个铁炉里的炭火只剩下星星点点，丝毫无法再供给任何热量。

北风让简陋的屋子陷入一片冰冷。

赵渊勉强坐起来，在床上怔忡了一会儿。

他记忆中的冬日清晨是另一个模样。

每次他一醒来，奉安还有郡王府里的仆役早就恭候好了，为他端上热茶、柔软温暖的面巾，以供洗漱的清水和青盐……

他的大氅是织造局送来，由织户们精心用貂绒和丝线还有无数锦绣做成的，温暖舒适。暖炉永远是被奉安迫不及待地塞入手中，再戴上狐裘围脖与暗纹风帽。又有后厨做好了清淡精致的早餐，待他入席品尝。

早晨他或者赏雪品梅，又或者与好友长谈。实在无聊，便在罗汉床上翻阅各类孤本棋谱。

铺满锦缎的被褥、烟雾缈缈时刻燃着的香炉,还有从来不曾冷下来过的地龙……郡王府的每一个冬天都显得舒适温暖。

可是此时……在黑暗低矮的房间中,那些养尊处优的生活模糊得仿佛是上一世的记忆。

梦中的鲜血、尸体、冤死的魂魄,似乎正从屋子里黑暗的每一个角落挤出来,血肉模糊。

有他的父亲、兄弟、族亲……还有他自己。

自来到宁庆卫,赵渊被拘禁于马苑寺内这个小小的院落中已经有两个多月。他拥有无数的时间,去回想过往的无数的细节。

那些他曾经习以为常的尊荣生活只是一部分。更多的,是他从不曾放在心上的窃国之争。

他反复地去回想过往的十年,反复地去推演所有人的每一句话,每一个动作,每一个含义……犹如棋局般复盘。

可绝杀之局,又如何解开?

若是他再操心些朝廷局势,若是他再多认识些朝中大员,若是他面对太子与宁王时再多些心思……若是他没有将全部心思都放在享乐上,多学些纵横之术,一切是不是都会不同?

一瞬间,所有怨恨冲破了刻意而为的克制,像是实体般穿透了他的心。

赵渊浑身猛然颤抖。他抓住自己的胸口,面目痛苦,急促喘息。

恨吗？他问自己。

恨。杀父杀兄之仇不共戴天，他怎么能不恨？

甘心吗？他又问。

不甘心。可是不甘心又能如何？一个被囚禁在边陲之地，被囚禁在军户牧军之中，身体残缺的废人，朝不保夕，还能做什么？

赵渊心脏痛得仿佛要炸开，就算是现下剖开心房，将心挖出来，也不能够缓解一二。

他咬牙，可是痛苦仿佛不是自心底而生，而是来自肉体，每一寸骨头、每一处肌肤，乃至每一滴血液都在痛。

痛得他银牙咬碎，痛得他浑身骨头嘎嘎作响。

可是他却还是将痛呼声忍下去，抓着薄薄的被褥，安静地承受所有的伤痛——像是这般便不算对命运低头，像是这般便不算狼狈到底。

不知道过去了多久，天渐渐亮了，屋子里的一切变得清晰，那种痛楚终于褪去，赵渊浑身被冷汗打湿，缓了会儿才有力气下床。

他被伤了静脉的右手腕逐渐恢复了些力气，然而他也清楚自己能活命是因为残废，因此绝不可以被其他人知晓，平日里行事亦尽量注意不暴露。

他床头放着一个简易的轮椅，歪歪扭扭，没有靠背，甚至没有软垫。赵渊将自己挪上去，冰凉的触感让他周身不适，一瞬间他就想起自己被遗落在地灵山的还巢。

第三章　天道无亲

这是陶少川找了个人给他加急做的。他不应该挑剔,没有这个轮椅,他只能在地上爬着进出,他应该感谢陶少川。

不只是这个——阚玉凤一行人伪装成商贾将他送抵宁庆镇后,因本就身负巡边要职,便只留下陶少川照顾他。

可是就在十一月底,腊月前,鞑娄依仁台劫掠拢州昌永卫,陶少川留下食物煤炭等简易生活用具,便带着剩下的十几人从赤关口穿过贺山直奔拢州而去。

陶少川年纪轻,本就瞧不起自京城来的公子哥儿,去得太仓促,留下来的东西,倒被用了个七七八八,尤其是煤炭。

就算赵渊万般节省,只在晚上多放一铲,小一个月以来,那筐炭就见了底。

要见底的不只是炭,还有食物。

不过这些倒不算今日的头等大事,便是落到这般田地,昔日的乐安郡王每日清晨的头等大事,仍是自己转动轮椅到院子里的那口大缸前,洗漱洁面。

缸里的水也见底了,都是冰,赵渊砸碎了上面的浮冰,用手焐化了,擦拭发丝和面容,还未等他擦完,旁边那个杂物房里就有响动传出来。

大约是天蒙蒙亮,里面阴暗看不清路,有人抱着一包东西从里面摔出来,估计是磕绊到了什么。

他回头去看,东西散落一地。有小半袋玉米面,一块干饼子,还有一小把黄豆,以及最后一些炭。

他这小院子没上锁,门口拦了一个高门槛,看守压根不怕一个残废跑出去。更何况马苑寺这片都是军户驻扎的营地,外面荒郊野岭,大冬天的也无处可去。

因此赵渊从半个月前就感觉库房的东西少得快,有个小贼常来。他听见过响动,出去看过,可惜他行动迟缓,一直未见其人。

今天算是撞上了。似乎是个姑娘。

"大爷饶命。"她声音有些慌乱,"我……我爷爷……病了……粮炭没……没了……"

她说完这话,呆呆地跪在地上瞧他。

赵渊也瞧她。姑娘满脸脏污,只是眼睛亮亮的,有些惊恐的样子。十三四岁,还是个孩子。

"够吗?"赵渊问她。

"啊?"

姑娘还在发呆,赵渊驱轮椅入内,把炉子上挂着的那条小手指宽的腊肉取下来,又用火钳把炭火拨开露出下面藏着的一个带着暖意的鸡蛋。

他从怀里取出一只黑色棉布帕子,把腊肉和土鸡蛋都包裹在里面,又出去,递到姑娘面前。

"有肉和蛋。不过就这些。"他说,"明日便不用再来了。"

姑娘接过去,暖意传递到掌心。

她怔怔地捧着田和蛋,又看着地上散落的东西,一番手忙脚乱,把那些在严寒中算得上是保命的东西紧紧掖在怀里。在这一瞬间,她感觉到脸上滚烫,羞愧难当,不敢再看面前这个

"大爷"一眼，认认真真给他磕了个头便跑了出去。

赵渊叹了口气，继续洗漱。

如此便不用再操心后续食物如何分配，也不用再操心晚上加不加炭了。

水缸里最后那层冰，在他手心融化，他用那冰水仔细擦拭脸颊，又清洗牙龈口腔，再用水梳理发丝，让它们尽量看起来整齐。最后他将衣物上的污渍一一擦拭干净。

做完这一切后，赵渊的双手已经冻得通红，他的帕子刚才也送了人，于是便只能在寒风中搓着手，等双手晾干自然回暖。

又等了片刻，实在太冷。他转动轮椅准备回屋的时候，抬眼便看见了在门口处站着的高个子。

谢太初穿着一袭黑色道服，站在门口看着他，不知道来了多久。

门外那棵老槐树积满雪的枝干越过围墙，垂下来，风一吹，便有积雪落在他的肩膀，映衬着他黑色的衣服，像是云朵飘落在他的肩头。

他还是那个刚从云外河山中飘临的仙人，便是天地也对他分外关爱。

赵渊按了按自己的胸膛，压下了一些莫名的酸涩。像是褫夺的尊荣身份，杀戮殆尽的宗亲，所剩无几的尊严体面……

谢太初也不过是狼狈割舍的旧日过往。

山穷水尽后，再见反而有了几分轻松。

19

谢太初那日受伤后忍着钻心之痛,被大黑马驮着往西北走,痛了就停下来,不痛了再行。饿了自己猎些野鸡山猪,渴了便嚼冰饮雪……浑浑噩噩间不知道几次在鬼门关前走过,走走停停一个多月竟然真让他到了宁庆。

他又打听到京城来的渊庶人被监军太监金吾送到马苑寺圈禁,与军户聚集的章亮堡挨着。

章亮堡住着的都是些军户家眷,还有些养马的牧军,以及受了军法处置的罪兵,都是些老弱病残,算不得什么好地方。

谢太初抵达章亮堡那片低矮的村落,在一片茅草屋中找见了赵渊的那个院子。

不知为何他忽然有种近乡情怯的感觉。

大黑马拽着他的袖子,谢太初摸摸它的头:"你是对的,我这般狼狈……便不进去了。殿下素来心软,见到我受伤又要担心难过,实在不宜再见殿下。"

他在夜色中的槐树下站了许久,久到屋子里那盏灯灭了,久到天边发白……积雪落满他的肩头,周围的眷户都开始出来活动,这才离开找了个角落疗伤。

从这一日开始,他总在疗伤之余,在门口那槐树下安静地站一会儿。

若有人来，他便会悄然离开。

可今日……他来得早了些，知道那孩子搬光了赵渊仅剩的一点东西，本就有些犹豫。又在逐渐升起的日头下，瞧见赵渊清洁洗漱。

便是自云端跌落凡尘，乐安郡王的举手投足依旧得体优美，自骨子里散发出来的风清月朗、冰清玉润的气质，丝毫不曾被这人间的泥泞遮掩。

谢太初走得近了些，迈过了门槛。

清晨第一缕日光抚摸乐安郡王的面容，描绘他温润的轮廓。他闭着眼，还有些潮气的脸颊，在日光下如璞玉般朦胧剔透。

苍山负雪，明烛天南。

"真人别来无恙？"赵渊甚至还勉强一笑问他，"是有什么要务，才从京城来宁庆镇？"

谢太初没料到他是这般反应，怔了怔，道："我……没去京城。"

二人便这么对望，直到屋檐上落下了几只乌鸦，嘎嘎叫着，赵渊才有些仓皇地移开视线。

"也是了……我拖累了真人。"赵渊道，"若真人当时不曾带我逃亡，想必已位极人臣了……真人救我以至于如此，我万分愧……"

他场面话还不曾说完，谢太初已经行到他身侧半蹲下，仔细查看他的双手。

宁庆镇寒冷，赵渊的双手经这些日子来早就粗糙红肿，起了青青紫紫的冻疮，关节已经皲裂，可见红肉，又痛又痒，让他在夜间也睡不安稳。

这双修长洁白的手，曾经抚弄过古琴，拈拿过棋子，还曾研墨挥毫……如今却被这般对待。

"貂油是治冻疮的好药。贺山里有貂，我一会儿便出发入山，打几只貂来炼油，给殿下涂抹伤处。再每日按摩，数日就会结痂了。"谢太初对他说。

"不用……"赵渊道。

谢太初又站起来，看那水缸。里面最后一点薄冰已被取出焐化了洗漱，如今水缸见底。

他便解开身上还算厚实的那件道服，披在了赵渊肩头。

"村后三十丈便有温泉活水流下，我一会儿提了水来。"

"不，等等。真人——我——"

赵渊阻止的声音，谢太初哪里敢留下来听，提了两只桶便快步出去了，只留下赵渊一个人在院子里，身上还披着那件带着谢太初体温的道服。

他摸了摸那件衣服，看着衣服上那些血迹，更觉哀伤。

谢太初在小溪旁汲水，直到两只木桶都溢满为止，这才提到路边。

水是活水，从山涧流下来也凉了，到村头的时候还有了冰碴子，可看着清冽。谢太初无端就有一种仿佛为赵渊做了些什么的欣慰感。

大黑马在路边扒拉地面，找些枯草瞎嚼，看他这般卖力，似乎有些鄙夷，从鼻子里发出扑哧两声。

"家里的最后一些存粮被刚才的孩子拿走了。"谢太初对大黑马道，"殿下今日的饭食还无着落。"

大黑马甩了甩尾巴，走得更远了些。

谢太初不以为意，向四周看了下。

马苑寺在章亮堡边缘，除了几个像是衙门的建筑，便是大片的草地，顺着衙门门口这条泥泞小路，横七竖八地搭建了不少低矮的茅草屋子，里面住的军中眷户大约有二三百人，多是妇孺，面色憔悴，穿着破烂。

想到刚才那个偷窃的孩子……谢太初也知道，便是去找，翻上十家八户也不一定能找到足够果腹的粮食。

他将水桶挂在大黑马背上，牵着走出半里路，终于在村尾找到一家还算体面的人家。

那家后院里刚杀了猪，杀猪的木桶里的血还在冒着热气，猪肉挂在院子里，猪下水也洗干净了在旁边挂着。

谢太初翻遍全身，只找到一块象征倾星阁的玉佩。

他取了半只猪，把玉佩挂上去。

"迫不得已，以玉换肉，还望海涵。"

谢太初以剑代笔，恭恭敬敬地在木桩子上刻下道歉函，这才把肉扛出院子，也放到大黑马背上。

大黑马乃军马，何时受过这等羞辱，气得直打响鼻，前后蹶蹄子不肯就范。

此时赵渊的院子里，已经摆了几箩筐的羽毛，都是看守送过来的。

章亮堡的驻兵把守张一千每次也跟着来。

"我说庶人，您虽然以前是皇亲国戚，如今来了咱们这马苑寺也得自己赚口粮。"他第一次来时阴阳怪气，"咱们的吃食自己挣，您呢？总不能让咱们供养吧？谁家没个几口人啊，大冬天的……"

张一千绕着他转上一圈，呸了一口痰。

"是个真残废，真晦气！娇滴滴的，肩不能扛手不能提，连女人孩子都不如。"他骂骂咧咧道，"也不敢让您碰什么金剪柴刀的，到时候上尽了咱们全得连坐。真是个负累，还得差人送东西来……那谁，陈三儿，给庶人送羽过来，五日十筐，若不能做完，便不要给饭吃了。咱们堡里不养闲人！也只有我张大善人这般待你了，记得感恩戴德。"

上品的雕尾羽一根根地精选出来做重箭，百步可破甲。中品鹅翎羽则分作一筐，做长箭，射程较远，可伤骑兵。下品的鸦羽则放在一起，做轻箭，又轻又快，适合防守近战。还有些杂羽做的箭，给普通士兵用，五十步便没了准头，上了战场生死看天……

谢太初终于与大黑达成了某种"君子协议"后，牵马而归。进门就看见赵渊在整理羽毛。

谢太初上前，已抢过他手里的簸箕。

赵渊被抢了活计，手里一空，便只能看他："真人若不让我做活，赶不上五日一缴的进度，便没有口粮。"

"我照顾殿下。"

谢太初说着，便将水提进来灌满水缸。

赵渊还未有反应，便目瞪口呆地看着他从外面扛着半只猪进来。

油腻腻的猪肉污了他肩头。

飞入凡尘的"神仙"忽然就成了扛猪的农户。赵渊忍不住笑了出来……

雨过开霁……谢太初终于明白赵渊表字由来。

可这样的人只笑了瞬间，便收敛了颜色，他低头眼眶又红，眼泪落在膝头叠好的那件道服上。

"谢太初，你何必来？"他问。

"我……挂心殿下。"谢太初语塞。

"不用再叫我殿下，我已是庶人，与真人云泥之别，不敢高攀。"说毕，他双手捧起道服递过去。

谢太初半晌接过那道袍，捏在手里。

赵渊又叹息一声，似乎卸下了重担。

"如此便是陌路之人，再无半点瓜葛。还请真人将食物饮水一并带走离开吧，渊这陋室，非请勿进。"

20

谢太初站在赵渊的院落外。

槐树被寒风吹得枝杈微摇,那些雪落在他的脚边。

谢太初脚生根了一般站在原地,抬眼去看那院落的柴门,柴门虽关了,不过只需稍许用力便一推就倒,没了柴门就不算非请勿入了。

不,不行。

谢太初捏捏鼻梁,让自己冷静下来。

乐安郡王虽然脾气温和,却是极倔强的……若这般行事只会更糟。

此时天已大亮,周围活动的人多了起来,众人都奇怪地多看他两眼。谢太初在门口安静地站了片刻,最终像是想定了什么事情一样,牵着大黑马离开。

赵渊没有时间伤春悲秋。送走了谢太初,关上大门后,现实窘迫扑面而来。

比起哀悼逝去的旧日良友,更重要的是今日如何活下去。

谢太初送来的猪肉,他是不会动的。如今三九严冬,那猪肉在库房里,很快便会冻住,也坏不了,便先放着。

库房外堆了一堆杂草，还有些槐树落下的树叶和枯枝。赵渊推轮椅过去，弯腰只能够到少许。他便从轮椅上下来，跪在地上，将那些草木都捆在一处。又扶着轮椅，用力撑着自己爬上去，拽着那一大捆枯枝入了屋子。

炉中的炭都成了灰，已没了红色的火点。

这让赵渊有些着急。他不会点火，若这火真的灭了，便要冻死。他便本着老天眷顾的心态，放了草根进去，万幸，大概是还有暗火在，很快草烧了起来，火苗蹿起来。

赵渊连忙加了许多树叶，火更大了一些。

于是他便将那些枯枝放进去。

火点燃了被雪浸湿过的枯枝，浓烟在屋子里乱窜，呛得赵渊流眼泪，可手忙脚乱的他终究还是把炉火救了回来。

枯枝在炉子里安静地烧着，带来一阵温暖。

赵渊又从水缸里舀过水来，在火上热着——是得感谢凝善真人，若不是他善心接了一缸水，他可能只能弄些残雪煮了。

小锅里还剩下半锅昨天熬的小米粥，如今已经凝成了半透明的块状。

赵渊切了半块，想了想又切下一半，只放了四分之一块在瓦罐里，加了一瓢热水，瓦罐与水壶一起在炉边热着。

谢太初终于安心，悄然从墙头落下。

大黑马在旁边等着他。

"走吧。"他对大黑马说，"去贺山，打貂，炼油。"

做完这些家务的赵渊浑然不知谢太初偷偷看了他好久。他洗净双手，将簸箕和一筐羽毛也搬入屋子里，放在角落，一个人在火前仔细挑选箭羽。

这一干便是大半日，等他扶着腰抬头，眼花背痛，手上冻疮又裂。屋子里就算有炉火，也让他冷得浑身僵硬。

他喝了一碗温水，克制着没有动那碗小米粥，便又埋头做工。

到天黑，终于什么也看不清的时候，才算勉强赶上了早晨被耽误的进度。

那稀释了又稀释的小米粥，根本算不得什么好东西。

为了睡得舒坦些，赵渊忍了一整日，这才端起碗来一饮而尽。喝下去了，胃里反酸，更饿了。

赵渊不敢耽搁，在胃发出抗议前躺下去。

薄薄的被子里，他手脚冰冷，一直发抖。娇惯的胃毫不留情地痛起来。

他在床上辗转反侧睡不着，发愁明日醒来如何挨过饿意。

他手头工量大，不得不抓紧仔细。若完成不了，便得不到粮食，更活不下去。

可就算得到了粮食，也不过一把青稞小米，只能紧巴巴的一日半碗清粥，才不过能勉强活着。

不过几日，这最轻的活计已经让他苦不堪言。

他不能想象这宁庆卫周遭百姓如何生活，更无法想象大端境内的百姓如何生活。

日出而作，日落而息，丰饶之年缴纳税米之余才能勉强糊口。若遇大灾大难的年份，怕是卖儿卖女也换不回救命口粮。

民生多艰,自古如此。

谢太初当初的话在他耳边响起——以万民辛劳血汗,供一人享乐。

在这一刻,赵渊想起了自己过往的优渥日子。不再怀念,深觉羞愧。

21

清晨。

赵渊刚起,就听见敲门声。

他过去放下门闩,开门便瞧见昨夜那个偷了自己家口粮的孩子站在门外,瑟瑟发抖。

"我这是什么也没有了。"他对那孩子道,"和你说过不用再来。"

那孩子眼眶里有泪,进门扑通跪在他面前:"求大爷救我爷爷一命!"

赵渊一怔。

"求大爷救救我爷爷吧。"姑娘哭着说,"我爷爷前几日去挑水,在冰上摔了一跤,摔断了胳膊。没钱看医生,在家里养着,肿了几日,爷爷做不得工就没有粮食。我……我这才不得已偷您家的口粮煤炭。没想到爷爷昨天下午还好好的,晚上就烧了起来,整个人滚烫,却只喊着冷,邻居们都来看过,什么方子都用了，一点效果没有。我……我实在没办法了。"

"你瞧我这般境地。"赵渊有些哭笑不得，"如何想到来求我？"

"听他们说您是京城来的大贵人，见多识广，兴许有办法救他。"姑娘不停磕头，"求求您，求求您！"

赵渊沉默。

"大爷，您不肯吗？"姑娘哭着问他，"我爷爷他……"

"并非我不肯。"赵渊对她说，"只是……"

自己身陷囹圄，尚不能自保。便是想施以援手，又从何帮起？出身尊贵又怎么样，没了身份加持，其实也是废物一个。

"我去看看吧。"

赵渊抬头去看，谢太初不知道何时已一身潮气地站在门外。

他昨夜去往贺山，发髻在中途散了，亦顾不得梳理，用衣摆撕下的布条系在肩后，快马加鞭，身形匆匆，终于在第二日清晨回了章亮堡。

姑娘抬头怔怔地看他，泪冲刷了污渍，在脸颊上留下两条可笑的泪痕。

赵渊看他也有些意外。

"真人为何又来了？"他问。

谢太初假装没听见他的话，顺势从大开的柴门迈进院落——门既然开了，又有其他人在院子里，便不算非请勿进吧。

他将腰间剥了皮的四五只雪貂解下来放在门口的青石板上，这才从怀里拿出一个小瓷瓶，半跪在赵渊身侧。

"我昨日去山里打了貂，又寻了道观请观内道士炼了貂油。"

第三章　天道无亲

他抓着赵渊手腕，拉开他的袖子。

"谢太初你——"

赵渊吃了一惊，颤抖了一下，想要缩回手。

谢太初打开那个小瓷瓶，从里面蘸了些凝固的貂油，涂抹在赵渊红肿的地方，缓缓揉搓，推着那些青紫淤血的地方。

赵渊手上硬痛发痒的感觉终于略微缓和，还温暖了起来，比这两个月来都要好过。

谢太初推拿结束，看了看他垂下的眼帘在微微颤抖，似乎并未生气，这才道："殿下知我略通医术，容我过去问诊。"

赵渊刚要说什么，那姑娘已经连连叩首："多谢大夫，多谢大夫！"

谢太初站起来，问他："我去了？"

似乎他不同意，他便不去。可那姑娘还跪在地上，殷切地看他，着急哭着道："求大爷发发慈悲吧。"

他能说什么？能拒绝吗？

赵渊怔怔地张了张嘴，便听见自己说了声"好"。

那姑娘眉眼已展，又哭着谢恩。谢太初已搀挽她起来，对她说："莫多礼了，带我去你家中。"

两个人刚走到门口，就听见赵渊道："真人。"

"殿下还有什么嘱托？"

赵渊没有看他，只说："这孩子家中清贫，想必周遭百姓都是如此。新年就在这几日……你将昨日那猪肉带过去分给乡邻吧。"

这已是这两日来，赵渊用最温和平常的语气对他说出的一句话。

"好,我知道了。"

谢太初欣然领命。进库房,用剑切了一片肉留下来,剩下的才扛了随那姑娘出去。只剩下赵渊在院子里发呆。

那一小罐貂油,在他手心里放着。

可如今,赵渊已知他的大道高不可攀,自己的未来又在另外一个方向。

如今两人形同陌路,这般的心意便太沉。

那瓷瓶在他手心,沉到接不住,滚烫难受。

"何必呢……"赵渊怅然若失道。

这样的悲春伤秋并没有持续多久,也许只有一瞬,赵渊便开始赶工了。

他一边整理羽毛,一边等待谢太初回来。没过多久,便有人来,他抬头去看,就见章亮堡的驻兵把守张一千急匆匆带着看守迈进门槛来。

赵渊连忙放下簸箕,躬身行礼道:"张将军见好。今日不是收缴羽毛定日,不知将军来此何干?"

张一千一脸怒容,站定负手嚷嚷道:"渊庶人,你敢偷本把守家里的猪肉!好大的胆子!"

偷猪肉?谢太初扛回来的猪肉……是偷的?凝善真人偷猪肉?

赵渊脑子里一时空白。

见他不答,张一千以为他心虚,又骂道:"不敢回话了吧?本把守自问对你不薄,活计都只派了最清闲的。一日三餐供着你,还给你地方住。你竟然不知道感恩,为了吃口猪肉,本把守家里的东西也敢乱偷!"

赵渊便是被贬为庶人,每天为了一口稀粥拼命,也从未想过竟然有一日要与人为了一块肉一争长短。

他竟然不知道说什么才好。

"来人!给我搜!"张一千嚷嚷。

那俩看守应了声是,便开始在屋子里搜,片刻就提了库房里那片肉出来。

张一千一看肉急了,跳脚道:"昨夜我派人找了半宿,刚睡醒闻到整个章亮堡都是炖肉香。人都说是京城里来的大贵人乐善好施,果然是你偷的!呸,不体面!不讲究!不要脸!"

看守幸灾乐祸:"大人,咱们早就看他不顺眼了,凭什么京城的庶人就要受优待啊,给了口粮还不知足,还敢偷把守家的猪。要我说就该捆在村头坝场上示众。"

"对对对。贼人就该用杖打了,捆在村头示众!"张一千怒气冲冲地说,"来人!给我把他——"

他话音未落,便有一柄长剑抵在了他喉咙上。

谢太初缓缓上前,面色阴沉,带上了几分赵渊从未见过的邪性。

"你说什么?"他问,"再说一次。"

张一千傻了。

脖子上那剑气仿佛已经刺透他的皮肤,让他发痛。

他紧张地咽了咽口水,却还不知道收敛,抖着声音说:

"你……你什么人！我可是章亮堡的把守张一千！"

"我是凝——"谢太初看了看赵渊，改了口，"我是服侍殿下的道学侍讲。"

张一千一听什么"侍讲"，胆子又大了。

"他偷我猪肉！偷人财产，该不该游街示众！"

"猪肉是我从你后院拿的。"谢太初道，"也留了玉作为交换，又留字致歉，并不算偷。"

张一千笑了，从怀里掏出倾星阁的玉牌。

"你说这个？"他质问，"这么个破玩意儿！杂玉一块，我家师爷看了，拿出去当铺都叫不上价，能给你二十文钱就不错了。我那猪肉多少钱啊？你要不要脸，这也好意思叫交换？"

他把那玉牌奋力扔出来。

昔日的乐安郡王与如今的凝善真人，眼睁睁看着那象征着倾星阁的玉牌掉在水缸里，咕咚一声，沉了底。

22

张一千瞧见谢太初的黑脸，只觉得心头痛快，叉腰嘲讽道："被本大爷戳穿了吧。哼，你们这些招摇撞骗的牛鼻子道士！来人，给我把他——"

他话音未落，自家师爷就气喘吁吁地跑了进来。

"老爷！将军！"师爷一把抓住他胳膊。

"干什么呀！"张一千生气，"没看我这儿要抓偷猪贼吗？"

"您……您听我说……"师爷看了谢太初一眼，颤抖着在他耳边说了几句什么。

张一千狐疑："真的？"

"真的。"

张一千推开谢太初，走到水缸旁边弯腰又从水缸里把那块玉牌捞了出来，简单地说了一个字："走！"

下面两个看守不明所以，跟着张一千和师爷便撤。

"大人。"谢太初唤他。

"嗯？"

"玉牌本身确实不值钱，然而大人可用此玉牌在宁庆镇上的进宝斋换取纹银五十两。"

"进宝斋？那个跟关外做生意的大商号？"

"正是。"

张一千更有些疑惑了，一句话没说，带着几个人急行出来，走了好一会儿才停下，看看手里那玉牌。

"这玩意儿真是那个什么倾星阁的信物？"他问师爷。

"是啊！我之前就觉得眼熟，上面北斗七星什么的，玄乎得很！忽然就想起来了！"师爷道，"上次去金公公府上请安，他给咱们不是也看过吗？说宁王殿下……不对，说太子殿下是倾星阁算出的真命天子，还把倾星阁的信物拿出来看了。您都给忘了啊？"

张一千脑子一片空白。

监军太监金吾据说是宁王身边的红人舒梁的嫡系。

他每次去金吾府上问安不过是跟着其他官员一并去的。说几句吉利话,向宁王表表忠心,就能拿到一笔银子,哪里还记得这些破事儿。至于应天府里谁跟谁斗,谁上了高位,谁当皇帝……这些缥缈的权力更迭真不如兜里那几十两银子实在。

想到这里,他嗤笑一声。

"管他什么倾星阁倾月阁的,偷了老子的猪肉是真。他不是说这垃圾能换钱吗,你这样,差人拿着去宁庆镇进宝斋里换银子。换不到银子,老子再砍了他不迟。"

张一千所言普通人难以听见,谢太初倒是听了个一清二楚。

他面无表情地收了长剑,从门口石板上捡起几只貂,将它们挂在库房外的麻绳上,又拿出貂皮晾晒。

"那小丫头叫狄英,爷爷狄边平是马苑寺的牧军,任职监副,管这寺中军马进出,饲料囤积等事宜。"他边做活边对赵渊道。

"既然是朝廷命官,又是军户,为什么还几乎冻死饿死,生病了都无力医治?"赵渊诧异。

"朝廷财库亏空,连京中官员的禄米都发不出来,更何况边陲的这些军户。"谢太初道,"太祖时虽提出以军养军的路子,给军户们拨划了屯田,战时为军,闲时为农……只是……一个军户十亩地,又多有战乱天灾,靠着贫瘠的边疆冻土,怎么养得全家上下?宗亲、士大夫吞田并地并不止于富饶之州府,军户便逐渐也没有了地。"

赵渊沉默片刻，低声道："是我眼界浅薄了。"

谢太初没有答他这句话，待收拾了院子内的杂物，又取了水洗净双手，这才半蹲到赵渊面前，似乎又要为他推油揉搓手指。

赵渊一瑟缩，谢太初的手便落了空，在半空捏了捏，收了回去。

"谢太初，你应留在应天府，帮赵戟治理天下顽疾。我们已是陌路人，不必再见。"

谢太初沉默片刻，开口道："我于殿下命数上还有亏欠，缘分未尽。若此时放手，与修行之道不合。"

赵渊怔忡，接着忽然笑了："原来是这般？原来是为了真人的道。"

"是。"

"是不是两不相欠之后，真人就可以离开？"

"对。"

"那如何能帮真人弥补上这亏欠的缘分？"赵渊又笑问。

他笑时极力遮掩，可眼底凄凉之意有增无减，只是此时的谢太初又哪里敢去端详。

"殿下身体虚弱，腿脚不便，吃了不少苦。不应如此。"谢太初道，"到立春之后，届时天气温和了，身体又适应了这里的气候。我才好放心……"

"我自己可以照顾自——"

"靠着每日辛苦做工后吃一小碗粥吗？"谢太初摇头，"怕是燕子没回，殿下身体就垮了。"

"我若做工熟练，慢慢工量就上来了，能多得些口粮。我算过的，勉强糊口。"赵渊说，"更何况这里军户都这么过，我难道不行？"

赵渊是个十分有韧性的人，打定主意的事极难更改，谢太初见识过的。只是好不容易说动赵渊，有些回旋的余地，他怎么可能罢休。

"我若能为殿下医治双腿，让殿下行走自如呢？"谢太初问。

赵渊浑身一震。

"你说什么？"

"在京城时殿下双腿已勉强可以站立行走，只需再有数月，便可有大起色。"

"地灵山时，你将我双腿经络重新斩断了。"赵渊道，"我知那不过是为了求生的权宜之计，我不怪你。真人也无须自责。"

"不。那并非权宜之计。"谢太初道，"我说过的，殿下的身体经络堵塞，才致使双腿无法站立。要想最终站起来行走，便定要重伤经脉，让它们重新生长愈合。如今正是愈合的时候，再为殿下打通全身经脉，先苦练行走，等立、行、跑、跳、骑马，都再无障碍，殿下便可健步如飞。"

"健步如飞？"

赵渊摸了摸自己的双腿，瘦骨嶙峋，像是枯木，是自己身体最多余无用又丑陋的一部分。

"真的吗？"

"这是我对太子殿下的承诺。君子一诺，驷马难追。"谢太初道。

"要多久？"赵渊问。

"半年。"谢太初说。

赵渊沉默不语。

谢太初心底叹息一声："我给殿下疗伤，只到立春前后，便可完成治疗。后续殿下勤加练习，若恢复得好……我便可先行离开。"

"立春。那也没有多久了。"

"是，过了春节，很快便要立春……也就是月余……并不算漫长。"谢太初小心措辞，"我只白日过来照顾殿下，待晚间自有去处。殿下若觉得亏欠，便将口粮与我分食就好。"

然后他看着赵渊沉吟思考，过了片刻，才缓缓点头。

"那就……有劳凝善真人了。亏欠真人之处，未来赵渊定竭力回报。"

谢太初松了口气。他推轮椅入了屋子，将赵渊安置在火炉旁。一边给赵渊把簸箕端过来，让他继续挑选箭羽，一边打量这低矮窄小的平房，开始卷起袖子收拾屋子。

谢太初忙碌几日终于得到了允准入赵渊的房间，如今打量这屋子，倒也来之不易。

那轮椅一上路便磕磕绊绊，做工实在糟糕。还有那出入屋子的斜坡，全是松土，如今已经凹陷，进出尤为吃力。谢太初暗忖来日定要重新整理院落，再细心做个宽大的轮椅，免得赵渊受苦。

他先把炉子里的火苗重新挑起来，重新挑选枯枝，放了干燥的进去。窗户上有破洞的地方，仔细用米粥粘住。将屋子里不要的旧物都扔了。在炉子旁边热上水，出来从狄英家中讨了菜刀和案板。在院子里洗净猪肉，又切碎在锅里炖了，这才出门骑马去山里砍柴。

一个时辰，谢太初带回来两大捆树枝，一捆自己留了，一捆送去狄英家中。

回来的时候，赵渊手里的活计做了大半，赶上了进度。

谢太初见他专心，也不打扰他。

他将柴火晾在院内，又添了些在炉火中。将道服脱了，披在赵渊肩头，卷袖子清洁灰尘。

直到天色渐沉，赵渊长吁一口气，抬头时，屋子里已经整洁干净且暖和了起来。比之前好了许多。

谢太初用貂油做灯油，甚至在傍晚时分让屋子里也明亮起来。

热水在炉子旁边煨着。简陋的桌子上摆着两个碗，两双筷子，还有一大碗肉汤。

谢太初仿佛神人。两个人什么都没有，一穷二白，竟然也能让他过上这样的日子。

赵渊震惊。

谢太初正在用木勺将炖烂的猪肉盛出来。

"殿下来吃饭吧。"谢太初道，"今日简单些，只有猪肉。明后日我再想办法找些青菜。"

他将碗端到赵渊面前。

肉香四溢，肉汤鲜美。

赵渊忍不住咽了口口水，他碰了下那碗暖暖的肉汤摇了摇头。

"我……我不太会做这些……许久没吃肉了。"他说完这话，有些羞讪，连忙端起碗来喝了口汤，然后他有些诧异。

"没有放盐？"

谢太初嗯了一声："借不到。"

"可宁庆后卫不就有盐池吗？整个宁庆的盐都自那里来，还是鞑娄人经常袭扰的地方。"

"官盐难买，私盐价高。"谢太初道，"盐户都吃不起盐，何况是普通百姓。殿下忍耐一下，我再想想办法。"

"以前锦衣玉食，这也不吃，那也不吃，挑三拣四……长太息以掩涕兮，哀民生之多艰……"赵渊低头看那碗肉汤半响，接着捧肉汤一饮而尽，又细细咀嚼将猪肉咽下肚子里，这才抬头对谢太初道，"民生艰难，原是这般。"

赵渊眼神清澈，便是不久前刚遭了人生大劫，却依然有悲天悯人之态。

过往种种改变了乐安郡王，也重塑了他。

这样的赵渊，谢太初从未见过，从未认真品过，却历久弥新，洗尽铅华。

"真人怎么如此看我？"赵渊有些不解，"是我见识浅薄吗？"

"不。"

谢太初稳住心神，收拾了桌上的碗筷，又为赵渊仔细洗漱，待他入睡后，这才合上大门，自行离去。

大黑马等了他好久，已经不太耐烦。

整个村落都陷入寂静黑暗之中。

谢太初牵马疾行,到了村外一个倒塌一半的废弃房屋前。只剩下一半的房檐下铺着一层稻草。雪从空中落在地上。

谢太初再也忍不住,一口鲜血吐出来。他跪在地上急促喘息许久,过了好一会儿,擦干嘴角,盘腿坐在稻草上,运功疗伤。

谢太初破了无情道,遭到反噬,他勉强克制才没在赵渊面前出事。

谢太初再不乱想,运气养神,专心致志,数轮循环结束,体内的躁动才缓缓平息。

他浑身冒冷汗,湿透了衣服,缓缓睁眼的时候,天际将明。

谢太初从半个房檐的屋顶看出去,晨星隐匿在东边半天的云彩之中,若隐若现。

宁王命定,众生命定。

可赵渊仓促之间被推出了这命运的轨迹,未来走向何方,竟成变数。

23

一入腊月,各州府下的官员们早早筹措好的各类孝敬便都延绵不断地送往了应天府。

有明面上的税银、盐粮,更有些台面下的东西,送往了各位权贵的私宅。

舒梁将面前的盒子打开,里面整整齐齐放着一沓银票,他淡淡瞥了一眼,不置可否。

堂下站立的少监廖逸心是个机灵的,连忙细声细语笑着说:"宁庆今年冷得早,粮食收成没往年好了,鞑娄人没饭吃屡屡犯境。给主子爷的孝敬钱确实比去年少了些,无论如何还请执事您体谅,在太子面前解释一二。"

"你也知道今年年岁不好,各地的岁贡都少了。"舒梁端起茶碗道,"主子好不容易成了太子,不说别的,光地灵山筹谋前后就花费近百万。还有发给亘州军、主子爷亲兵、跟着主子爷的金翼卫、羽林卫大员们……前后近三万户的军饷,朝廷官员上下打点的银子……别以为咱们跟着主子熬出了头,就松口气了。这江山要稳固,花钱的地方多着呢。咱家看金吾是在宁庆镇舒坦日子过够了,拿这点钱来敷衍咱家。宁庆卫督军不想做大可回来,咱家另外差人去。"

廖逸心笑着听舒梁数落,更是恭恭敬敬地躬身,一点不敢反驳,等舒梁终于说完了话,他这才从袖子里掏出一个不起眼的竹筒,递上去。

"金公公在宁庆是真真儿操碎了心的,不敢怠慢主子爷大计。公公也知道执事您日夜操劳,辛苦万分,让小的务必把这点心意带到。"

舒梁用苍白的手指捏住那竹筒,旋开来,从里面抽出的银票数量与锦盒内要上贡给太子的相比也不算少。

"除了本身军户税粮收缴外,和关外鞑娄人的生意也没停过。鞑娄人缺什么,咱们卖什么,粮食、盐……还有武器。最近有个大单子,鞑娄需要十万杆长弓箭羽。安排了各地军户加点赶工呢……这呀,最后都是孝敬太子殿下和执事您的……"他声音压低了讨好道。

"宁庆卫是大端边陲重地。商机自然也是不少。"他缓缓将银票推回竹筒,收在自己袖子里,淡淡说,"小金子还是费心了。"

"金爷请干爹您一定放心,宁庆的差事他一定好好办。绝对不让太子大业吃紧。"

"说起来,渊庶人在宁庆镇安排得怎么样?"

"安排在宁庆卫附近的马场里,跟那些个老弱病残的军户住一处呢。"廖逸心回答。

"还活着?"

"还活着。"

舒梁点了点头:"虽然褫夺封号,毕竟还是宗亲血脉。让金吾好好照顾,别怠慢了。"

廖逸心何等聪敏,一听这话连忙作揖:"您放心,小的立即快马加鞭把您的口信送回宁庆。"

廖逸心事毕,从舒梁屋子里退出来,走到轿厅门口,就见如今新任南城府司右城府史、御前红人沈逐正站在廊下。

"廖少监。"沈逐抱拳。

廖逸心连忙回礼:"沈大人客气了,不知道沈大人这是……"

"哦,有事来执事府上公干。"沈逐道,"廖少监差事办完了？还在京中留几日？"

"还需再探望几位贵人，三日后便准备往宁庆赶了。"廖逸心笑道，"指望能在腊月十五前回去呢。"

"如此有一事烦劳少监了。"

"大人请讲。"

沈逐从怀里掏出一个系着平安结的金铃铛："少监应知道我与如今被圈禁在宁庆的渊庶人本是结义兄弟。如今他父兄跟随废太子叛逆，我自然要与他划清界限……这结义时他送我的金铃铛却无处安放。还请少监带回宁庆，找人把这铃铛送给他。就说沈逐与他割袍断义，请他收回铃铛，了却我这段心事。还请他感谢陛下与太子慈悲，洗心革面重新做人，为其父兄的罪行忏悔。"

廖逸心多少有些疑心，此时倒不好表露，笑着接过来，放在袖子里，道："您放心，我一定把铃铛和口信都带到。"

"多谢了。"沈逐抱拳。

只是四五日光景，赵渊这小院就比之前体面了不少。

谢太初在京城时显得端正庄重，做起活儿来倒是真的扎实。屋顶的梁重新加固，换了草；又带着大黑马从山里往返两趟，运了片岩回来，堆在屋外；将一片片的石头掀开来，放在拐角，准备往屋顶上铺。

他把院子夯实了，小石子都运走，更是拆了屋子里的门槛，赵渊的轮椅进出便方便了很多。

前两日狄边平的烧终于退了，过来谢恩，进院子就按着狄英的头，两个人跪在地上给赵渊叩首。

赵渊吓了一跳："老先生快起。"

"一来，这不成器的孩子偷您家东西，是我管教不严。二来，您和谢道长救了老头子的命，是救命恩人。"狄边平一头白发，脸上的皱纹如黄土地般千沟万壑，他右手绑在胸前，左手按着狄英，不肯起来，"您是我狄家恩人，又是从京城来的大贵人。家中清贫无以为报，这样吧……狄英就跟着您身边当个丫头伺候您起居。等十五岁了您不嫌弃就收了她入房。"

赵渊的脸一瞬间涨红，连忙摆手："不不不……"

"大爷不要不好意思！我可有力气着呢！"狄英一点不在乎，使劲推销自己，"身板硬朗还脾气好，不会拖累你。我爷爷说了，我这大胯大屁股，未来还能给你生个大胖小子！"

赵渊更局促了，额头上都起了薄汗，着急拒绝，被谢太初按住了肩膀。

"殿下已有婚配。"谢太初帮赵渊找了个借口说，"家里那位挑剔得很，小丫头怕是会受委屈。算了吧。"

听说主母挑剔丫头会受委屈，狄老头子"顺势找个良婿"的小心思顿时就没了。

他皱眉头："那怎么办啊，谢恩还是要谢的，不然她地下的父母怕是要托梦来说我不知感恩。"

赵渊怔了一下："狄姑娘……嗯，狄姑娘父母……"

狄英抬头说："死了。鞑娄人劫掠的时候，过了边墙，我爹战死，我娘也被鞑娄人杀了，还有我哥。一家人就剩下我跟我爷。"

"我不该问。"赵渊说。

狄边平道:"章亮堡说是有四百军户,其实活着的男人不到一百人,剩下的都是孤儿寡母。没有什么该不该的,您言重了。"

他不在乎,狄英似乎也不在乎。可赵渊听了沉默了许久。

"这样吧。"赵渊说,"若老先生和小姐不嫌弃,便认我为兄长吧。未来我定以手足之礼待狄小姐。"

"您是京城的大贵人,我们高攀了!"狄边平眼睛一亮,一巴掌拍到狄英后脑上,"赶紧给你哥磕头!"

那一巴掌下去都能听到声,赵渊只觉得痛得慌。

狄英大概是习惯了,挠了挠脑壳,低头又叩首:"大……大哥!"

赵渊生怕狄边平再拍她,连忙答应:"哎,好!"

狄边平满意,起身打量了一下屋子,瞧见了院子里那些整理好的箭羽。

"这羽毛不好收拾。活紧又累,工量还算得少。"他摇摇头,"庶人从京城来,想必识字算账不在话下,我老头如今胳膊断了,缺个帮忙记账的主簿。您愿意做吗?"

"记账?"

"对,寺中饲料消耗、马匹进出,都得有人整理记录。"

赵渊眼神一亮:"那是再好不过了。我自然愿意。多谢狄老先生。"

宁庆镇里。

张一千家的师爷在进宝斋的茶室等了没有多久,里面的伙计就出来递了一个匣子道:"老先生,这是五十两银子,您收好。"

师爷犹豫片刻接过匣子打开来,里面竟然真的摆着五十两银子。

"真能换钱?"他诧异。

伙计一笑,客气道:"玉牌咱们就收回了。不知道玉牌的主人现在何处?"

"啊……在……在咱们章亮堡。"师爷难以置信,"这……这真是倾星阁的信物?"

伙计回头看了看身后的帘子,帘子后面的人用指尖点了点地。

"那您看这样行不行,我现在安排马车送您回章亮堡,然后您带我去找那个人。这路上二三十里地,省得您回去走路了。"伙计笑吟吟地说,岔开了话题。

师爷点了点银子,心不在焉地说:"好,行,能交差就行。"

"那咱们走着?"

"走,我带你去。"

进宝斋的马车刚抵达章亮堡的时候,赵渊已经能熟练地给狄边平打下手了。最近几日他翻看马苑寺的许多录簿,一一比照。

谢太初正从炉子上往壶里倒水。壶里有些高沫,是狄边平的珍藏。

那高沫泡开,茶香便飘了出来。

谢太初将茶水倒出,一人分了一杯。

在京城时不是最好的极品茶叶赵渊从来不品,如今端着还有茶渣的高沫茶饮了一口,竟觉得欣喜得很。

"好茶。"他诚心实意地赞叹道。

狄老头子得意一笑:"这可是老头子多年珍藏,不轻易拿出来的咧。"

"老爷子,泽昌十年马苑寺还有军马一千二百匹,牧军三千户。为何到了泽昌二十一年,也就是去年的时候,只剩下两百三十匹军马,牧军也只有四百户了?"他问狄边平,"这远低于章亮堡的骑兵编制数量。"

狄边平珍惜地喝着茶,瞥了谢太初一眼:"我瞧道长也是常年在外走边疆的,你可知道原因?"

谢太初在二人身边坐下,抬手烤火,道:"朝廷无力支付养马所需的国帑,军马便逐年少了。而边疆土贵又乐见其成,草场不能养马,自然可以耕种。于是马苑寺牧场逐渐被吞并,牧军无马可养,更没有屯田可种,逐渐都逃回中原了。只剩下这些老弱病残,无处可去。"

他掌心暖得滚烫,将貂油在掌心焙热,为赵渊活血。

赵渊手上的冻疮这几日好了不少,全靠他细心照料。

赵渊仔细思索:"我查了资料的,按照编制,宁庆为边陲重地,中卫、前卫、后卫三处,各处需至少三千骑兵常驻,民间农户也需十户养一马,以便军队征用。章亮堡为宁庆镇附近最大的马场,竟然只剩两百匹马。那其他各处马苑寺又是什么情况?"

"只会更差。"谢太初说。

"此间土贵是谁?谁有这么大胆子敢霸占官家牧场,致使边防军备岌岌可危？若鞑娄人大举入侵则宁庆骑兵一溃千里。此人要成为大端千古罪人。"赵渊皱眉问。

"庶人是明白人。"狄边平刚才还算轻松的表情没了，他放下茶杯，叹了口气，"只是此人，谁也碰不得。遣兵不敢碰，巡司不敢碰，连庆王爷也不敢碰。"

"什么人？"

"监军太监金吾。"

"金吾？是舒梁的干儿子？"

"是他。自从他被发配到宁庆，一跃成为监军太监，权力极大，手握宁庆军备大权，便是宁庆卫遣兵亦不得不听他调度。"谢太初道，"他是舒梁最信任的嫡系之一，而舒梁效忠何人，殿下不会想不到。"

赵戟。

这个名字浮现在赵渊脑海中的一刻，他仿佛听见了地灵山行在大营的冤屈哀鸣，又像是看见了熊熊烈火中成为灰烬的肃王府。

一时间，他有些茫然。

他以为自己被圈禁宁庆卫，便远离了朝野斗争，还有这个人……自己兴许能苟且偷生，偏安一隅。

原来梦魇一直持续，如影随形，而他从未醒过来。

赵渊脸色苍白，让谢太初有些担忧。

"殿下……"他刚要开口劝慰，便听见柴门外有人招呼。

"敢问凝善道长可在此处？"

谢太初起身去望,门外高头大马拉着描金边的马车,车门上印着进宝斋的字样。他放下茶杯,起身出去。

"想必这位就是凝善道长。"

"正是在下。"

那伙计笑嘻嘻地上前作揖,恭敬道:"东家好。在下是进宝斋的伙计郑飞,来接东家去宁庆镇的分号。"

进宝斋是大端北边的大商号,似乎是大端立国便有了进宝斋,延绵几百年。生意做得大,口碑又好,关内外多有来往。

如今穿着绫罗绸缎的伙计倒来这乡下地方找人,还称呼谢太初为东家。

狄边平眼睛都直了,暗自琢磨是不是应该找个机会让赵渊搭个线,把狄英嫁给谢太初?

"谁让你来的?"

"是大掌柜的。"伙计说,"您之前写信让送过来的药材也都到了号子里,还请您跟我去拿一趟。"

谢太初点头,回头对赵渊道:"我去一趟宁庆镇,处理些事宜。明日便归。"

赵渊应了声好。

谢太初转身问那伙计:"马车上可带了取暖之物?"

"有兽皮,羊绒大氅,还有金刚炭和烧酒。"

"都取下来。"

伙计应了声是,跟车夫一同取了这些东西下来,搬入院子里。

谢太初将大氅披在赵渊肩头,随后转身迈步出去,上车而去。

赵渊披着那大氅,看空荡荡的门外街道,一时失神。

过了一会儿,就见狄老头挤眉弄眼地问他:"我说庶人,这位谢道长可曾有婚配呀?"

赵渊咳嗽一声,抬头看天。

24

章亮堡与宁庆镇之间还有二三十里地。

谢太初抵达商号后院的时候,天色已经暗了下来。

谢太初随那伙计到了后面的迎客厅,只等了片刻,里面就有个戴四方帽身着墨绿色衣服的中年男子快步出来。

他身形微胖,圆脸,细皮嫩肉,虽未带笑,可眉眼弯弯,不仔细看仿佛正冲人微笑。走路时,微挺的肚子一颠一颠的。

他也不在意,快步进来,一把抓住谢太初的手:"哎哟哟,让我看看师侄,下了山两年没见,吃苦没,受罪没?"

谢太初躬身:"陆师叔。"

此人正是进宝斋的幕后掌舵人,倾星阁的外门弟子陆九万。

"掌门师兄之前特地来函,说若你来了宁庆,让我好好照顾着。"陆九万眼睛挤到了一处笑眯眯地看他,"之前宁王在京城闹腾了那么大阵仗,真怕你出了事。如今看着还好,不错!"

二人寒暄一番,坐下来,陆九万拿出两样东西。一个是之前被张一千的师爷送来的玉牌。

陆九万递过去给他，道："从京城来的消息说你生死未明，不是这个我还真不知道你来了宁庆。"

谢太初接过去系在腰间："是有一阵子了。"

陆九万道："按照倾星阁这些年来的规矩，只有民间行走的掌门嫡传弟子才能做这进宝斋的东家。如今你来了，我便完璧归赵。"

他手一挥，便有两个人抬了个大箱子过来，里面是进宝斋多年来的账本，还有私印一枚。

"师叔在边疆经营商号十数年，才有了如今这规模。我焉有不劳而获的道理。"谢太初并不看，摇了摇头，"这进宝斋交到我手上，怕是没一年就要垮了。师叔不用再劝。"

陆九万听他这么说，呵呵一笑："你小子还挺清醒。我原本也就只是跟你客气一下。既然你不客气，那师叔也就不客气了。"

谢太初被他一通客气不客气的话说得无语，沉默了一会儿才问："我之前请师叔筹备的药材可齐了？"

"齐了。按照你的方子，一半内服一半外敷，都做好了。"陆九万挥挥手，那箱子账本很快拿下去，郑飞又捧了一个匣子出来，里面仔细摆放着丸药和膏药。

"这药珍贵，其中有几味乃从昆山中采得，又送回倾星阁炼制半年以上，才得这么一小箱，又差人八百里加急送来了宁庆。算下来价值比黄金还贵。"陆九万说，"这乐安郡王值得如此上心？"

谢太初挨个拿出来仔细嗅闻，确认是自己想要的药品，对陆九万道："值得。"

赵渊双腿治疗已到了关键时刻，再辅以药剂调理身体，双管齐下，假以时日就能站起来。

届时他再看这芸芸众生，又是另外一番景象。所花费的心血、时间、金银虽多，比起这样的未来，又算什么。

陆九万听见他的回答，仔细瞧他的神情，缓缓蹙眉："太初，你下山有两年光景。当初掌门师兄与众人都劝你不要入世。如今你已经历红尘，又观朝野反复，本心可曾更改？"

"不曾。"谢太初想也未想便回答。

"既然如此，无情道为何破了？"陆九万问他。

谢太初微微怔忡。

陆九万为他问脉，过了片刻轻叹一声，起身入内，拿出一个漆盒，打开来里面是一丸丹药，那丸丹药奇特，通体珍珠般洁白无瑕，却又隐现流光，似乎有什么仙气在内流动。

"食之可治疗你内伤，助你重回无情大道，继续修习无量功法。"陆九万道，"从此凡尘俗世不会再扰你，忘却红尘过往，走天地正途。"

谢太初盯着那丹药看了半天，合上盖子："多谢师叔。"

陆九万诧异："怎么还不吃，还留着干什么，等死吗……或者你还真的打算逆天改命？"

"正是。"

陆九万哈哈大笑，过了片刻见谢太初并不曾笑，又尴尬地咳嗽了一声："你师叔我是个俗人，可没这种大志向。我劝你也不要有。"

谢太初敷衍了一声，缓缓起身："如此我便回去了。"

此时天已全黑。

陆九万见劝不动他，没好气道："回什么去，城门都关了。况且就算能出城，过去二十里地一路漆黑，骑马摔沟里，怕丢不死倾星阁的人？客房给你收拾好了，今天住一宿，明儿再走。"

陆九万走到门口还训他："快些跟上来。"

二人行至院内。

漫天繁星，紫微星于天空高悬，周围群星拱卫。

"数年前，倾星阁内众弟子推演未来，犹记当时大家使出毕生绝学，命、相、数……唯有你，独树一帜，起了半卦乾坤大卦。你说天下大道已窥。宁王命定，则众生命定。最后果然算出宁王赵戟命主紫微，是未来天下共主。"

谢太初轻声应了一句："是。这是竭尽凡人之力能推演出的天下命数，已是倾星阁数百年苦心孤诣所能得到的最准确的未来。"

"若真要逆天改命，必须以你毕生修为推演完另外一半乾坤大卦。"陆九万感慨道，摇头，"无忧子师兄一定不会允许你这样做的。"

"所谓易者，变也。易术乃求变之术。知命而不认命，才是身而为人应对天地大道的根本之法。若不能为大端改命，为天下苍生改命，何必学这无量功法，钻研天道？若真到起卦，将剩下一半卦推演完毕，逆天改命之时。"谢太初垂目一笑，"我义无反顾，身殒无悔。"

陆九万听完他这话，呆了半响，苦笑一声："我知劝你不动。

你早就已决心赴死。"

"烦劳师叔操心了。"

"当年你开始修炼无量功法的时候,才十四岁。我一想到那时的你……我一想到……"陆九万声音哑了一些,他勉强笑了笑,"何必呢？人命关天,别人的命是命,你的便不是吗？"

"若一人身死,可救万命,还算公平。"

他俩在回廊中走了一会儿,便到客房门口。

那里有一汪不曾结冰的池水,周围长满了白玉簪。这种在宁庆随处可见的花卉,在凛冽的寒风中开出了洁白的花。

繁星映照在水面上,被微风吹皱,星盘仿佛摇摇欲坠。

一串白玉簪被风吹落,落在了布满星辰的湖中,在水面上起起伏伏。有一朵形单影只的,晃悠悠漂到他的眼前,被他伸手接住。

那朵白色小花纤细如铃,很是委婉动人。

谢太初低头嗅了嗅花香。

谢太初一夜安眠。

然而天刚亮,卯时一刻客房之门就让陆九万捶开。

他神情凝重,对谢太初道:"边墙烽火台起狼烟了！鞑娄人来了！"

谢太初一怔,抬步走到院落中,已见狼烟滚滚,冲上云霄,他仔细辨认:"自东南而来,横城、红山、清水一线告急。"

"伙计刚在外面打听了,遣兵步项明已发急令命令各所军户集结阻拦。"陆九万急道,"他自己去章亮堡的马苑寺点骑兵去了,可今年冬天马苑寺哪里还有多少军马。"

谢太初面容凝重,他进屋穿好衣衫,提剑出来。

"等下,你去哪里?"陆九万喊他。

"马苑寺。"谢太初道。

25

赵渊睡眠极浅,睡梦中感觉到了一种熟悉的危机,猛然间便醒了过来。

章亮堡本身是个寂静的小村落,此时外面吵成一团。

因有行在大营一劫,此时赵渊还算镇定。

他穿上大氅推轮椅到院内,看天边灰白,估算时辰应在卯时左右,接着就瞧见东方狼烟滚滚而起。

在他意识到狼烟的含义之前,柴门被人猛烈叩响。赵渊连忙上前下了门闩,只见狄边平已着上了皮甲,将狄英推进来。

"庶人,求您照顾狄英。"他说。

狄英急得跳脚:"爷,我也可以去打蛮子!"

"闭嘴!你一个十四岁的小姑娘逞什么能!"狄边平大骂,"在你大哥这里好好待着!不要出门!"

赵渊把狄英挡在身后,问:"老爷子这是怎么了?"

"鞑娄过了边墙，从东面来了！"

狄边平还没有开口讲话，从村口已有一队骑兵疾行而来，带头之人着锁子甲，戴金刚头盔，手提红缨枪，腰间一把大刀，马背上还挂着重弓长箭。

他身形高大，中气十足，话在疾行的马上大声而出，由远及近，声音却稳定洪亮，是练武之人。他在门外勒马，身后骑兵队伍齐刷刷地都停了下来，一行人俨然训练有素。

那人看过来，头盔下的面容昏暗中看不清楚，然而扫视的目光中肃杀之意极强："得把他们拦在黄河那边，不然整个宁庆镇周边都得遭殃！"

狄边平连忙抱拳躬身："步将军！"

来人正是宁庆的遭兵步项明。

"老狄，章亮堡还有多少军马？去拿了马匹录簿，随我去马厩点马。"他边说着边瞥了一眼赵渊，"再去找张一千，所有提得动刀的男人，在村口沙坝集结！"

狄边平连忙应声："是！"

步项明一甩鞭子一行人便已往马厩方向而去。

狄边平抬步要走，狄英喊了一声："爷！"

老头子脚步一顿，本一直佝偻着身子的狄边平挺直了背，回头看了一眼狄英，又对赵渊笑了笑："庶人，老头儿要是回不来，狄英……就拜托您了。"

赵渊本按着狄英的肩头，这会儿手不由得使劲。

"我知道了。请老先生务必保重。"

村口沙坝外一马平川，再远些就是黄河和上面的浮桥。自边城而起的狼烟依旧浓烈。

步项明引马在黄河这头看着，烽火台传递信号，一束束的狼烟由远及近，一个个烽火台燃起，预示着敌情紧急。

"将军！章亮堡人马集结完毕！"副官在他身后道。

他四下看看，问："张一千人呢？狼烟已起，他人怎么不见？"

他手下有人道："昨儿晚上在宁庆镇里的醉仙楼见过他，跟金公公的手下少监廖逸心喝酒听曲儿呢。"

步项明咬着后槽牙，脸色黑了下来。

监军太监金吾自从来了宁庆，仗着身后之人是宁王，处处打压他。不过是因为他没有送过礼，没有阿谀献媚而已。

步项明转身扫视，眉头紧皱："章亮堡就这么些人？"

"是！壮年不到一百人，十五岁以上的老幼男子各三十人。马匹有二百三十一匹，都装上了马具。"副官说，"兵器库里火铳二十个，没有弹药。只有普通鹅羽箭五百支，也都分下去了。章亮堡库房里还有一千支刚做好的上等黑羽箭呢！没有金督军的调令，拿不出来！"

他压下怒气问："除了章亮堡，半个时辰内还有多少急兵可调？"

"磊福堡、黎纲堡、垚福堡还有三支人马，共计五百余人从前面过黄河，其中骑兵三百，跟咱们在对岸会合。再远一些的暂未清点完人数。"

步项明终于怒火中烧，他扬鞭指向黄河对岸："鞑娄人能一口气到横山，至少有一千人以上，行动极快，精良骑兵至少在八百以上！章亮堡已经是宁庆镇附近最大的马场，只有两百军马？整个宁庆前卫五堡紧急时竟然凑不到六百个骑兵！"

"若从中卫求助，调三千人马——"副官小心建议。

"放屁！中卫人马到了宁庆镇，周遭村落全都死绝了！"步项明大骂，"老狄！"

狄边平出列。

"开仓！把那一千支黑羽箭拿出来，出事了我担着。"他说，"大不了军法处置，让个阉人杀头。"

狄边平应了声是，与骑兵统领同去取箭。

不过片刻，沉重的黑羽箭便分发到了每一个骑兵手中。

每人几乎不够十箭，却已经是如今最好的配置。

步项明瞧着这些面无惧色的士兵，忽然心有不忍。他极力克制这种情绪，深吸一口气，扭过头去——浮桥那头，又有烽火台起了狼烟。

鞑娄人已不足百里。

军情紧急，容不得他多想。

"众将士听我号令！"他拔出腰间长刀道，"过黄河，杀蛮子！"

数百兵卒高喊："过黄河！杀蛮子！"

军队轰轰烈烈离去。

章亮堡安静了下来。

"老先生会平安回来的，你放心。"赵渊安抚狄英，"不要怕。"

小姑娘回头看他，咬着嘴唇，眼眶有些红，却还是倔强道：

"我没怕，也没哭。"

赵渊从善如流："嗯，英子没哭，英子最勇敢了。"

她擦了擦脏脏的小脸："我未来从军，也要成为保家卫国的大英雄。"

赵渊点了点头，抬头看天。

狼烟在远处滚上天空，天边留下一片阴霾，寂静的村落中恐慌的情绪在无声地蔓延。

赵渊为了安抚狄英，也为了让自己慌乱的心安定下来，捡了个树杈，回忆着大端北边总图，在地上粗略地画下了宁庆卫的样子。

"英子，你看。"他说，"我之前听你爷爷说起过，今年冬天极寒，鞑娄人鲜少劫掠，想必是众人都大意了，如今他们引兵自东而来……"

他在轮廓上指点。

"速度极快，出人意料。横城、红山、清水一线肯定已陷入战火……鞑娄人过了黄河，到贺山之前一马平川，看上去是直指宁庆镇而来。"赵渊思索，"要劫掠，最好是在边墙两侧骚扰，从村落里掠夺粮食人口。缺盐的话，更是应该过了长城往南边的盐池去。为何冬日里要来宁庆镇？目的是什么呢……"

"他们宁庆镇来得少，我记忆中这也不过第二次。中间隔着黄河呢，不走贺山，烧了浮桥他们的骑兵回不去。"狄英说。

赵渊本来还在困惑，狄英一说他猛然清醒。

这队鞑娄人马来势汹汹，却没有打算过黄河。他们在黄河那头虚张声势,为的是调走宁庆镇周遭的驻兵。

宁庆镇周遭空虚,那么……

赵渊还没来得及再想,紧锁的柴门已经被人一脚踹开。两个头戴毡帽、留长胡须、系辫子、腰间别弯刀的鞑娄兵便闯了进来。后面跟着的乃是看守他的守备军。

"是他?"鞑娄人操着不熟练的汉话问,"割断他的喉咙,砍了他的头,你们的金公公会送给我的部落无数钱粮?"

那看守见他,对鞑娄人笑道:"是他,就是这个残废。"

赵渊看着鞑娄人拔出弯刀,向他缓步而来。

宁庆镇空虚,便可趁乱杀了他。

鞑娄人的目标是——章亮堡,是他赵渊!

26

那带头的鞑娄人身形彪悍,听完看守的话,已经冲到了赵渊面前,一把拽住他的衣领,轻而易举地提了起来。

赵渊被勒住了脖子,一时无法呼吸。

那个鞑娄人眯着眼睛仔细看赵渊,对另外一个鞑娄人说:"听说是从大端都城送过来的,原来汉人的贵族老爷跟女人差不多。"

"阿木尔,杀了他,我们走了。"另外一个鞑娄人道。

抓着赵渊的阿木尔眯起眼睛盯着他挣扎,将弯刀缓缓收进腰间的刀鞘中。

"这群娇滴滴的男人,手不能提肩不能扛,霸占着宁庆这么肥美的地方。"他说。

赵渊在空中被勒得几乎晕厥,听见了这话,瞬间更加愤怒挣扎,只是他已几乎没有了力气,他打在阿木尔身上的拳脚也并不能阻碍他的举动。

阿木尔哈哈大笑,一把将他按在地上。

本被拦在赵渊身后的狄英冲过来抓着他的腰,疯狂捶打:"你放开我大哥!"

"苏拉,女人归你了!"阿木尔一手拽着狄英扔入另外一个鞑娄人怀里,"还没成年呢,带回去给你生孩子。"

另外那个年轻一些的鞑娄人本来有点犹豫,听他这话,被戳中了心思,抓着狄英怔了怔,然后回头去看。

看守撤到了门外,院子里没有旁人。

他们一行十五个骑兵,入了章亮堡。

那些年长些的都开始抢女人抢粮食,周围传来不少凄厉的哭声、惨叫声。

"你还挑三拣四,我告诉你,出去了连女人的衣服你都摸不到。这个不错了,还是个处女。"

"放开她!"赵渊哑着嗓子怒喝。

他话音刚落,阿木尔一巴掌就甩过来,扇得赵渊满嘴血腥,两眼发黑。

凌乱的挣扎,急促的喘息,他从缝隙中瞧见狄英被另外一个鞑娄兵按在了地上。曾经坚强的少女在这一刻被恐惧袭击，她哭喊着挣扎着。

"不要——不要！啊啊啊——"

没有用。

这个村子里的女人、女孩，远处硝烟中的倒在鞑娄人铁蹄下的男人，在战争中被抹杀了一切鲜活的存在，是需要被推倒的防线，是战利品、奴隶。唯独不是人。

难熬的一刻，时间被无限拉长。

混乱、绝望、血腥、令人作呕的气息，比任何时候都要来得真实猛烈。

赵渊被捂住了鼻口，掐住了脖子，无法呼吸。

"救我，救救我！哥……哥……"有人似近似远地哭泣。

"大哥！救我！"

狄英凄厉的惨叫在这一刻划破了所有昏昏沉沉的绝望，撕开了所有的一切。

这一刻，赵渊想起了行在大营那个晚上，龙纛陨落，太子自刎而亡。

烈火中林奉安从树丛中跌跌撞撞地跑出来，躲在他怀中的小太孙最终在父亲的怀中，气绝而亡。

被砍下来的冷硬的父兄的头颅，被扔进泥泞之中。上面是父亲不甘的眼神、凝固的血泪，还有污浊的面容。

还有梦里在血海中燃烧殆尽的肃王府，被杀害的府中人。那个院落、母亲的妆台，还有那个再也回不去的家。

被苦苦压抑在心底的那些恨意、那些不甘，还有那些漆黑的东西，钻了出来。魑魅魍魉般在他耳边窃窃私语。

有什么东西在他心头燃烧，爆发出从未有过的愤怒。

他抓住了鞑娄兵腰间的弯刀，一刹那抽了出来，接着毫不犹豫地插入了鞑娄兵的身体。

鞑娄兵惨叫一声，抓着他喉咙的手拽着他，将他甩了出去。

赵渊顺势一滚，在苏拉身后而起，他双手握着那柄弯刀从背后猛然插入了苏拉的心肺。几乎用尽了全身力气，拼死一击。

本在女孩身上一逞兽欲的鞑娄兵动作停了下来。

他低头去看。寒光乍现，胸膛上出现了银白的刀尖，一滴鲜血顺势滴落。

狄英抓着胸前残破的衣服，瑟缩着爬开，只留下那个裤子半褪的鞑娄兵呆在原地。

当赵渊抖着手拔出那弯刀的时候，鞑娄人回头去看这个残废。表情诡异，有些错愕，有些茫然。

血从他身后的窟窿里开始往外冒，将死的他爆发出巨大的力量，扑了上来。冷硬的地面如今被鲜血染红，变得泥泞潮湿，两个人在地上扭成一团。

以命相搏的抵抗漫长而残酷。没有言语，没有对话。

只有时不时被迫发出的噪声，提醒着这场搏杀最终只能以一人存活作为结果。

终于失血过多的苏达被赵渊反按在了地上，弯刀的寒光再起，插入他的喉咙。

"你——"

他话音未落,血如泉涌般喷了出来,飞溅赵渊一身,他的脸上、身上、手上全是鲜血。

这一刻,院子里一片死寂。

人间地狱。

就在此时,身后挨了一刀的阿木尔终于清醒,大吼一声,捂着满是鲜血的腰踉跄着冲上来。

"汉狗!"他抓住了赵渊的发髻大骂,"汉狗,你敢杀我兄弟,我要你不得好——"

他话音未落,寒光划过,他便立时倒下。

在他身后,谢太初正持剑而立,面容冷峻。

"殿下,我来了。"他说。

赵渊浑身都在发抖,可是他并没有慌乱,更不曾恐惧。

鲜血见得多了,心便冷硬。

他丢下弯刀,往后一坐,在血泊中急促呼吸着,用湿淋淋的袖子缓缓擦拭自己的半张脸颊。

村落里那些妇孺们惨烈的呼喊声不知道何时停了。

"有一队鞑娄兵从北边偷偷入了章亮堡,为殿下而来。"谢太初说,"有十五人。入村后,由看守带队,意欲行刺殿下,却贪图这个机会,入了民宅奸淫抢夺。被我斩杀了七人,带队的看守也被我斩首。剩下的骑马往黄河而去,妄图过河保命。"

"剩下的蛮子,不能饶过他们。"赵渊将自己的大氅披在了狄英肩头,声音沙哑低声道。

"我这便去追。"

谢太初扬手一甩,剑上血液飞溅出去,然后转身要走。

"等等。"赵渊对狄英道,"照顾好自己。"

狄英抽泣着点头。

赵渊盘腿坐在地上,却奋力直起腰杆伸出手,抬头看他。

"我与你同去。"赵渊说。

他浑身血腥,半张脸颊不见肤色,另外半张面容血色斑驳,眼被鲜血浸润成了猩红色,黑色的眸子镶嵌其中。周身再无半点温和恭良的郡王之姿,倒隐约有压迫感扑面而来。

谢太初敛神,将长剑收在腰间,将赵渊从地上拽起来,出门。

大黑马亦知战时已至,并不畏惧,昂首挺胸,踢着蹄子,跃跃欲试。

谢太初抱着赵渊翻身上马,一拽缰绳,黑马嘶鸣,箭一般地冲向东方,追击而去。

看守的尸体倒在地上,血迹喷射出烟花般的痕迹。

街道上无数条蜿蜒的血迹汇聚在了一起。

村落陷入死寂。敌人的尸体和血液与族人的尸体和血液混杂在一起。

苍天寂静,慈悲如常。

无人在意。

无暇在意。

第四章
立春之事

27

冻土之上清脆的铃铛声与马蹄声急速而来。

谢太初与赵渊引马直行。

急速行进中他弯腰掠地,从地上死掉的鞑娄兵尸体上捡起重弓长箭,又轻松起身,灵巧得犹如燕子,丝毫不曾耽误。

一出村子,视野便开阔起来,再往前十里便是黄河大堤,逃逸的鞑娄兵正往黄河而去。那几个人吆喝着说着鞑娄话,一路慌乱而逃,冲上了黄河大堤,又往北走。

大黑马几乎神力,背驮二人,竟已逐渐逼近逃兵。

肉眼可见逃兵身着皮甲,头戴毡帽,几根小辫子在背后晃荡。

"殿下扶稳。"谢太初说完这话已松缰绳,赵渊连忙抓住马鞍与缰绳,俯下身去。

接着就见谢太初自马背上拿起弓箭,挺直身体拉满重弓,他在颠簸的马背上瞄准前方,接着一箭射出,正中一敌人后背,那鞑娄人惨叫一声从马上跌落。剩下的人根本不敢回头,顿时提速。

谢太初不再迟疑，长箭连发，支支命中。

前面七人逐一落马。

快到浮桥时只剩两个人，那二人知道自己绝不可能保命，已然癫狂，大吼一声拔刀冲了回来，不消一个回合毙命于谢太初剑下。

谢太初重新抓住缰绳，在抵达浮桥之前，挽绳勒马。

大黑马嘶鸣一声，停了下来，回头踱步。

二人看去来时路。

地上的躯体一动不动，没了主人的战马茫然四散。旷野中弥漫着寒冷的肃杀之意。

就在这个时候，自黄河另外一侧遥遥地传来了喊杀之声，二人不约而同地回头去看。

在宽广的黄河北侧，狼烟早就升上了天空。然而自地面上另有缭绕的烟雾升起。

"是火铳，还有火枪。"谢太初道，"只是不太多，国库空虚，边疆之地的军费奇缺，多年不曾新增枪炮弹药了。"

话音未落，自黄河那头的沙坝之上出现了一队人马。

若仔细去看，便知道是步项明的副官。

此时他腿上有伤，肩膀上还有一支箭羽，一看便是经历了浴血厮杀。他带着几个同样伤痕累累的士兵从坝上引马冲了下来，边往这边跑，边对浮桥北侧的驻兵高喊。

"遣兵有令，烧浮桥！"

"遣兵步项明有令！烧浮桥！快！"

与此同时他们身后百余鞑娄骑兵追赶上来。

北侧浮桥处驻兵听闻，立即拿起一支燃烧的火把，又有几人泼上桐油，两支火把扔上去，用羊皮囊绑着的浮桥瞬间燃烧，火星子一下子顺着易燃的桐油烧过了整个右岸的浮桥。

顿时，自河心岛屿往右，半侧的黄河上起了一道火的屏障。

副官越过挖好的战壕，冲入驻兵人群，合拢后，大端战士约有百人。

驻兵推着狼牙栅栏阻击在外，又点燃了战壕内的麻油之物，挡住了鞑娄兵的第一次冲击，然而剩余的鞑娄骑兵便踩着前人的尸体一跃而过。

双方对冲，混在了一起。

有人在混乱中高喊："守住浮桥！别让他们过河！"

话音刚落便遭劈砍。

又有人喊："横竖都是死，跟这群蛮子拼了！"

马蹄横飞，鲜血直溅。

在以三四人对一人的损耗战中，鞑娄骑兵被拉下了马。接着便开始了贴身肉搏。

有鞑娄兵妄图冲上烧起来的浮桥，被大端的汉子扑上来，落在了火焰之中，一并成了火团。又有宁庆驻兵一刀捅入鞑娄人的腹腔，却被鞑娄人削掉了脑袋。

惨叫声从对岸传过来，像是隔了一道看不见的墙。

这一侧的宁庆镇寂静安详，那一侧的岸边数百人杀红了眼。

赵渊拽紧了手中的缰绳。与此同时，谢太初也引大黑马转向浮桥方向。

不约而同的默契让他们彼此看了一眼。

赵渊的眼神中有什么闪过，快得令谢太初不敢确认。

危急时刻，不容他细想。大黑马开始起步，向前冲去，从木桥上一路狂奔，犹如飞驰的流星黑火，冲向了湖心岛屿。

几起几落，他们已站在湖心岛屿最高的岩石上。

谢太初勒马。

"冲过去。"赵渊道。

"殿下……"

"对面危急万分，焉能袖手旁观？"赵渊急道。

谢太初看他，欲言又止。

赵渊一顿，又道："你放我下来！你自己去。"

谢太初缓缓摇头，下马，拿起长弓，站在了湖心岛边缘，向着混战人群。

箭囊中还剩下十支箭。

他仔细观察对面人群，抬弓便射，直入对面几个精锐的胸膛，一时间竟对局部的战况产生影响。对面有鞑娄人发现了他，亦射箭过来。

谢太初不避，反而又去看众人，然后道："那个人，是他们这队骑兵的头目。"

那人远离核心战斗区域，在沙坝上的马背上观察局势，因距离湖心岛位置很远，自然没有在意他们。

"最好的黑羽箭，最远的长弓，射程不过一百五十步。他的位置距离我们在三百步以上。"赵渊说，"太远了。"

谢太初摸了下腰间的箭囊，取出三支黑羽箭。

他沉吟片刻："我可以。"

战场局势瞬息万变，机会亦转瞬即逝，他说完这话不再犹豫，挽袖拉满弓，蓄力朝天而射。

第一支黑羽箭冲上了天空，划出一个弧形飞到了对岸的半空中。

与此同时，谢太初第二箭比以第一箭更快的速度射了出去。

到战场上空时，第二箭追上了第一箭，竟还有余力猛然爆发，撞击第一箭箭尾。

第一箭本已力竭，却因借力竟在天空中划过一道寒光，笔直扎入了那鞑娄首领的左胸膛，刺穿他的胸膛，往外露了一截。

他被巨力一带，从马上跌落，口吐鲜血，以身后长箭支撑仰面跪在地上，睁目而亡。

战场上一时间鸦雀无声。

就在此时，谢太初的第三支箭又至，射穿了鞑娄的战纛。

大旗倒地。

大端士兵大呼："鞑娄首领死了！蛮子败了！"

一瞬间大端士气大振。战场局势顷刻变化。

鞑娄人少了首领，慌乱不堪，如无头苍蝇般四处乱撞，刚还骁勇善战的异邦人，此时却没了主心骨，潮水般后退，前后碾压。

那些在战壕深沟旁的被自己的族人挤入了深沟,死在了沟底的鞑娄人不计其数。

这一拨百余人被撵上了沙坝,向着北方逃窜,大端军兵乘胜追击。

黄河边危机暂时化解,赵渊长长地松了口气。

他双腿并不能维持身体平衡,全靠两手紧握马鞍才得以稳定,此时已是强弩之末,直接从马上栽了下来。

谢太初伸手一揽,将他抱住,安置在地上。

岸边泥地上插着十几支自对岸而来,力竭失了准头的黑羽箭,赵渊一看,身体僵了。

"殿下?"

赵渊自身侧拔出那长箭,仔细去看箭羽。

"我自来宁庆圈禁,每五日十筐羽毛,仔细挑选,伤了腰伤了眼。挑出的雕尾羽送出去做上品箭。这样的箭羽我一眼便识。而这些鞑娄人,配着的箭……"他将那箭递给谢太初,"是雕尾羽箭。"

"雕尾羽是制箭上品,做重箭,百步可破甲。而鹅翎羽为中品可伤骑兵。下品的鸦羽和杂羽才发给普通士兵用,五十步便没了准头,上了战场生死看天。"赵渊咬牙笑了一声,"好箭原来都卖给了鞑娄人。鞑娄人杀我们大端子民用的是我们亲手做的羽箭。"

赵渊心头那把黑火像是加了一瓢油,又烧烈了几分。

"这就是边疆生意?"赵渊问他,"这就是金吾在操持的营生?他赚得的巨额金银去了何处,给了何人?"

"金吾是舒梁嫡系。"谢太初道,"拉拢派系,豢养私兵,这都需要巨额银钱疏通。殿下知道是谁。"

"边防凋敝,民不聊生。军户逃散,十室不存一人。如今竟有为牟利自制武器卖外夷而杀族人的禽兽之事出现!这样的苦日子,如何过得下去?这样的边防如何守得住?"

赵渊扶着那石墩子妄图站起来,然而双腿无力,又得谢太初扶持再缓缓站定。

赵渊看向那黄河对岸。

此时北岸战事已了,尸横遍野。然而沙坝后的喊杀声却依旧隐隐传来。

赵渊怒指对岸:"天道便是任由无辜之人以血肉为墙对抗蛮夷强敌,对这些挣扎在泥泞中的众生的苦难充耳不闻。反而纵容那些权贵尸位素餐,饮人血而活?"

"天道不曾任由民生挣扎,亦不曾纵容权贵尸位素餐。"谢太初叹息一声,"人间的不公自人心贪欲而起,与天道又有何干?"

赵渊怒极而笑:"你说不公乃人心起祸,天道无辜。那宁王呢,那赵戟呢?是不是你的天道选了他!是不是他做这天下共主!"

"历朝历代边疆都是如此,并不止金吾一人,亦不止宁庆一处,更不止赵戟一世!"谢太初说到最后,声音有些怒意,他深吸一口气,道,"如何说殿下才能够看破?于一人,于数人,于千人万人的慈悲，皆对这天下苍生的兴亡于事无补。若不能保这天下长久安宁稳定，便是置苍生万代于水火之中。如此的慈悲不是慈悲，是心软。"

人都说谢太初是修道之人，毕生向往仙途。可谢太初一手持弓，一手持剑，一刻之间杀敌无数，犹如浴血修罗。

出家之人应以慈悲为怀。

这样的信条似乎从来不曾在谢太初身上出现过。

他比天道无亲，比恶鬼嗜血。

如今他口吐无情之言，赵渊难以置信地看他，末了怅然大笑。

"哈哈哈哈……"他凄绝笑了，眼泪落下，"我倒忘了，凝善真人修无情道。不求金钱权力，只求得道。你断绝情爱，将万人万民视为刍狗，我又何必与你多言。"

谢太初手腕一僵眉毛微皱，赵渊已察觉他掌心潮湿，一看，谢太初刚才拉弓的手掌鲜血淋漓。

他为杀那鞑娄首领，几乎是拼尽全力。

在这一刻，便是赵渊对他失望至极，心肠亦是一颤，眼前模糊，说不上是为了大义，还是为了情谊。

"是我拖累了真人。"赵渊低声道，"若不是因为你答应了太子护我，此时便可以逍遥四海，参悟大道，不用在北边做这杀人之事了。"

谢太初攥拳紧握，沉默良久。

"我心甘情愿……"他回道。

黄河北岸的惨烈战事还在继续,然而对于赵渊二人来讲,他们所做之事只能到此。

回去的路上,大黑马驮着赵渊,谢太初牵着马,缓缓往章亮堡而去。

下黄河大堤时,赵渊最后看了一眼北岸的硝烟。

"若我能站起来,能提得动刀,是不是就能做得更多?"他问谢太初。

所谓做得多一些,便是多救一人。

这样的话,赵渊没有明说,可谢太初懂得。

谢太初道:"是。殿下能做之事,比现在多得多。"

他所谓的多得多,此时的赵渊并不懂。

然而章亮堡已在眼前。它与之前不同了,可是又有什么依旧如故。

它安静地坐落在黄河边,贫瘠低矮的房檐住着军籍的牧兵。

在它后面是马苑寺的马场,夏日来临时,青草丛生,牧兵会悉心喂养为数不多的军马,期盼它们在敌人来犯时,驻守边疆,保家卫国。

村子里,那些在低矮房子里面居住的妇孺不知道何时已经拿着扫帚上街,开始清扫斑驳的街道。

敌人的尸体被堆在了村口的沙坝上,扔上树枝付之一炬。亲人的尸体则被带回家。

走在街上,还能听见几声压抑的哭泣。可是麻木又平静的人们并不慌乱。

赵渊的那个小院落的看守的尸体也消失了,地上的血渍被黄土掩埋,还撒了一把石子,显得干净了许多。

狄英撕烂的衣服已经被蹩脚的针线缝好。她半张脸肿着,正吃力地提着一桶水回来。

谢太初从后面提起桶,把她吓了一跳。然后她便瞧见了赵渊。

她怔怔地瞧着谢太初抱着赵渊下马,入院放在了轮椅上。这才猛然回神,狄英冲进去,扑到赵渊怀里,抱着他哭泣。

"哥。"她什么也说不出来,只有这一个字,便足以让人心疼。

谢太初洗了遍水缸,从村口挑了水回来,切了白菜和熏得半干的貂肉一起炖。待三个人吃后,谢太初把狄英送到一个老姨处睡觉。

天色暗了下来,屋子里没人,赵渊怔怔地坐着发呆。

谢太初见他一身血污,可是此处狭窄,遂出去查看。

旁边村户家中一个人也没有,未见尸体和血迹,不知道是死绝了,还是逃走了。他收拾了一下,取了这家的木桶放置在正堂,烧了一大锅热水倒进去。

这家里还算富有,竟然有半支蜡烛,一块皂角。

谢太初便让赵渊来这里沐浴。

赵渊有些大起大落后的困倦,微弱道:"我自己来吧……不好再劳烦真人……况且你手有伤……"

谢太初松开手中的布巾:"那我在屋外等候,殿下若有需要,唤一声便可。"

"多谢。"

谢太初走到门口,合上门。

此时,月从云后露出来。银辉铺开,照亮院落。

谢太初胸口气血翻腾,捂着嘴咳嗽了两声。

他摊开掌心,咳出的血迹落在绑着绷带的手中。

待赵渊沐浴完,谢太初面色如常,把他引入收拾好的内寝室的炕上。

炕被他烧得火热,暖和得很。炕上铺了一层软绵绵的褥子,是进宝斋上次留下来的。

"殿下的院子里都是血腥味,今夜便在此处安寝。"他对赵渊说。

"真人呢?"

"殿下受了惊,今夜我便在外间。若有事,殿下同我说,我立即进来。"谢太初道。

他走出去时,赵渊突然开口:"我……我在湖心岛时盛怒,说了些过分冲动的话。真人见谅。"

"殿下不必介怀。"

"你虽修无情道,可对乡亲们还是竭力关心。今日又救妇孺,还救了我。不止如此,在黄河北岸击杀鞑靼首领定战局,你已拼尽全力。我又有什么资格质疑你?"

"殿下在京城中长大……民生如此,一时难以接受也正常。殿下不用因此愧疚,甚至道歉。"

"真人误会了。"赵渊抬头看他,"我只是在想……之前的我多么天真,以为读了几本圣贤书,便知天下。又自艾自怜,认为自己在京城那般的优渥生活是苦日子。殊不知天下并非黑白分明,百姓之苦远超想象。"

他眼神坦荡,面容平静,并没有一丝一毫的惶恐不安。

谢太初一时失语。

这样的赵渊,再不是被供奉在神龛前娇嫩脆弱的白莲,倒让他想起了盛开的玉簪。

封号被夺,亲人惨死,远离故土,遭人生大劫的乐安郡王再无乐安,可是有些什么新的东西从他身体里已经发芽,破土而出。

一路行来,他已经历太多,亦改变太多,又正在以更快的速度走向自己的人生大道。他还不明白,未来等待着他的是何等祸福,自己却已经迫不及待地要面对一切。

28

赵渊知道自己在做梦。

他如今坐在轮椅上,被奉安推着,在肃王府的水榭楼台间穿梭。奉安还是个小孩子模样,比他还小,左右头顶绑着两个犄角,机灵乖巧。

"郡王，咱们到啦！"奉安对他说。

接着轮椅便被推到了一棵石榴树下，他抬头仰望，树上红彤彤的果子垂下来，有些石榴炸开了花，咧着嘴向他微笑。

"你可小心点！"父亲在树下嚷嚷。

接着便瞧见大哥翻身坐在一个高权上爬过去要摘那顶端的石榴。

树下母亲正端了月饼过来坐下，又掰开一个石榴剥着，面前的碗里，红色的石榴籽堆了老高。

赵渊自己将轮椅推近了些，仔细打量母亲。他离家十载，母亲的面容早就模糊，可是在梦里，母亲的面容清晰如故，只是他若仔细去看，又无法形容母亲的样貌。

母亲笑着对他道："渊儿来吃。别等你哥哥回来了一口吃完。"

他应了一声，拿了一颗塞在嘴里，甜蜜的汁水爆开来，连味道都似乎带着红色的喜悦。

"好吃吗？"母亲问他。

他点点头，还是看着母亲。

母亲依旧笑着，问他："你前日对你父亲说，想和他们一起去巡视边墙？"

"是。"

"渊儿太小，还是算了吧。"母亲说。

"哥在我这么大的时候，都能去狩猎了。"赵渊说。

"可你和你哥不同，你自幼身体弱，这一路过去大风沙暴……更何况你的腿也不方便。"

年幼的赵渊垂首看自己的膝盖,然后才道:"我知道娘担心我,只是随行看看。边墙也不算远,不过一百余里地,来去三日便回来了。我会照顾好自己。"

"你不过十四岁,懂得怎么照顾好自己吗?"父亲把手里打石榴的竹竿一扔,坐在石椅上没好气地问他,"前日就告诉你了,好好在家里读书识字。别想些有的没的!"

"不受伤,不生病。"赵渊说,"我多穿一些就行。腿脚不便,我可以自己下车,有轮椅便可自如安排,让奉安随我一起去,起居饮食也足够了。"

肃王是个急性子,顿时没了耐心,他猛地一拍桌子:"放屁!边墙多有鞑娄人犯境,巡查边墙就要准备着指哪儿打哪儿!我若是带上你,鞑娄人来了,我是照顾你,还是去杀敌?我若去杀敌,百姓慌乱而逃,你一个残废你——"

肃王的话戛然而止,他有些懊悔地抓住发髻:"渊儿,爹不是这个意思。爹是怕你去了出事。你娘九死一生把你生下来,你这腿上的毛病就是打娘胎带出来的,从小没少操心……我跟你娘都不能没了你。"

赵渊红了眼眶,沉默不语。

"太子、宁王相争,我被夹在中间,左右不是人。儿啊,咱们这些藩王,就是砧板上的肉,谁当了皇帝都能来切一刀。你是我肃王二子,一个郡王,不要肩负这样的思虑,万事有我,我死了,有你哥。你平平安安长大,做个无忧无虑的宗亲贵族。

这就是你生来的命,这便是你早就注定的人生之路。"肃王长叹一声,"我早已看穿了,命运不由人。人生就是一场空,得认命。"

"我只是想去边墙看看,与命数有什么关系?爹不带我去,我自己去……"赵渊说,"我自己负责。"

"合着我说了这么多都没用是吧?"肃王怒了,"你去了边墙又能怎么样!你看了又能如何?你能当皇帝,你能拨军饷,你能灭了鞑娄韦刺?"

"若真有鞑娄人来了,生死看命。爹不用心疼我。"赵渊道。

"你!你个不孝子!"

肃王扬手要扇他耳光,赵渊便闭眼让他扇,可肃王的手抬到一半瞧见少年那轮椅上的腿,便怎么也狠不下心来。

就在此时肃王世子赵溟从石榴树上摔下,正跌到肃王旁边,他揉着屁股爬起来,哭丧着脸说:"哎哟,疼死我了!"

肃王一肚子火气无处发泄,赵溟正撞他面前。

"非爬树!臭小子!"他一巴掌就拍赵溟脑门上,声音大得吓人。

赵渊被这声音一惊,从梦里醒了过来,翻身坐起,才意识到自己尚在宁庆,被褫夺封号,圈禁在此。

此时日头正好,外面有鞭炮声。

恍惚中赵渊意识到……似乎是新年到了。

帘子微动,谢太初已经进来,他手里提着一件厚实的羊绒大氅,是绛红色,仔细去看,上面有福禄寿的纹路,十分精美。

第四章 立春之事

赵渊房间的家具也都换了黄花梨木的。

房子也重新修缮，院子里铺上了青石板。

屋子里各种用具一应俱全，年货堆满了库房，连大黑马都让人修了蹄子，装了新马掌。

钱、物……都是进宝斋给的。

陆九万送东西来时笑眯眯地说："亲师侄明算账。"

"师叔求什么？"谢太初沉默片刻问。

陆九万从怀里掏出了六七张生辰八字："这里有几个商贾子弟的八字，你给瞧瞧有没有官运。"

"我只算天下，不测人命。"谢太初淡淡的语气里似乎有些嫌弃，"不算。"

陆九万拍了一张一百两的银票在桌上。

谢太初又沉默片刻，拿起了生辰八字，待推演完，陆九万又道："再算算姻缘。"

堂堂倾星阁嫡传弟子，为了这一百两，在陆九万的要求下把这几个人的八字用各种易术翻来覆去地算了个遍。

待陆九万心满意足地离去时，便是凝善道长也忍不住在心底骂他一句奸商。

赵渊穿上了淡红色缎面万福纹道服，又着一身玄色棉比甲，戴上同色的风帽，这才又披上暖和的大氅。

他从墙边拿起拐杖，夹在腋下，有些吃力地撑住，走了两步，问谢太初："合适吗，这般去狄老爷子家中？"

"合适。殿下凤表龙姿，如何穿都合适。"谢太初道。

他今日依旧与往常一样，着一身黑衣，只是在外面加了件暗红色的棉比甲。

赵渊道："我们现在便出发吗？"

"对，那边已经在包饺子了，就等我二人。"谢太初说。

"还有其他人也去？"赵渊一边问着一边专心看着脚下，一步一步慢慢走到了院外门口，待到门口时，被谢太初扶上了院外的轮椅。

那是谢太初赶工做好的新还巢。

街道上一扫几日前的冷清，终于是有了一些节日的样子，各家各户挂起了带着补丁的红灯笼。

进宝斋还筹备了钱粮、红纸、鞭炮，给村里各家送去。

于是街上时不时会有窜天猴飞上天，孩子们在巷道里乱跑，点着鞭炮"打仗"，偶尔也会惊着路过的村民。

看守没了，没人敢拦着赵渊不让他出门。

张一千自知有愧，也多日没出现收集羽毛了。

谢太初推着他顺利到了狄边平家里。

狄边平大小也算个朝廷命官，有一青砖院落，还算体面。

黄河北一战中，狄边平肩膀受了伤，如今挂了彩，在正堂屋里喝高沫，见二人来了连忙笑道："新年好新年好。"

赵渊撑着拐杖，在谢太初的搀扶下道："给狄老爷子拜年了。平安顺遂，喜乐无忧。"

"哎哟，这可不敢当。"狄边平说着，让两人坐下，又对着旁边厨房喊，"英子，你和面可得加紧了，你大哥来了。"

狄英在旁边哎了一声，接着厨房门帘一掀，便瞧见同样挂了彩的步项明出来，瞧见二人，抱拳作揖道："郡王，过年好。"

赵渊不动声色地回礼道："已是庶人了，大人客气。"

"不客气不客气。"步项明客套了两句，看向谢太初，仿佛不知道他是谁一般，说，"那个谁……郡王的道学侍讲是吧？"

步项明是宁庆镇的遭兵，下属有五万余人，虽然如今人数不齐，但也是边陲重地掌权人物之一，自然能查到赵渊与谢太初的真实身份。

只是不知道他身为宁庆的遭兵，为何来这狄边平的家中过年？

"是。"

"我提了两斤羊骨过来，晚上炖骨头汤，缺个剁骨头的。"

谢太初便起身道："我去吧。"

过了一会儿，那边便传来剁骨头的声音……

羊骨头汤，白菜猪肉饺子，还有各类菜肴摆了满满一桌。

步项明带了酒，可惜狄边平有伤，谢太初不饮酒，最后倒是一群人怂恿着赵渊喝了一大杯。

一入夜，家家户户点了灯。鞭炮声不绝于耳。

赵渊送了狄英一两银子和一对玉镯子，狄边平旁敲侧击地问遭兵大人有没有婚配，步项明心不在焉，只操心逼人喝酒，在遭到谢太初拒绝后，无辜的郡王又被他灌了一杯。

喜庆的气氛达到了顶点，恍惚中，会让人以为，不久前的战争不曾发生，又似乎一切伤痕都可以被时间抚平。

又闹腾了好一阵子，夜就深了，再过片刻就到子时，众人拜别主人，出门来。

"遣兵大人今夜何处安歇？"赵渊问。

步项明也有些醉醺醺的，打了个酒嗝："我……我骑了马来，拴在马苑寺里……一会儿回宁庆镇。"

"大人住下吧，我们旁边的村户走了，房间空着。"谢太初说。

步项明晃晃悠悠地走了几步，才回答："好。"

冷风吹拂。鞭炮齐鸣。

众人便有些醺醺然，连脚步都变得绵软缓慢。又走了一会儿，赵渊问："将军，鞑娄人退兵了？"

"嗯，暂时撤出边墙了。鞑娄人仗着自己的骑兵精良，总是以大规模骑兵进犯，打速来速去的劫掠战。若无人抵抗，就长驱直入。若有人抵抗就带着掳掠来的粮食人口迅速离开。咱们的马不行，跟不上。就算勉强跟上了，数量也不够围堵他们。"

"将军为何忧心忡忡？"赵渊又问。

"郡王爷真是观察入微。"步项明被他说中心思，并不避讳，"这一整个冬天他们都没有骚扰过边境，却在我边墙下结集千人，一次性冲入我宁庆镇肆虐。这一遭，宁庆镇附近兵力虚实已经被他们摸清。宁庆虽然号称驻兵二十万，然而紧急时刻可召集的兵力不过千人，想想后怕啊。"

几人快走到村口，从那里看过去不远便是黄河大堤。

步项明叹气:"这批人马出了边墙,却没有撤退,沿着宁庆边墙周围屡屡试探,在寻找可乘之机。最近几日边墙沿线交火不断,以我军数量真的是捉襟见肘,更是让我这份担忧日益见长。若他们大举来袭,拿下宁庆镇甚至天州城,则关中腹地大开……后果不堪设想。"

赵渊沉吟片刻又问:"我于军事懂得并不算多,只是喜爱围棋对弈,想必也有些共通之处。如今想问下将军,鞑娄人若真深入宁庆,直抵天州,以我宁庆镇、前卫、后卫三处精兵集结,能否将他们围剿?宁庆卫所之兵虽然良莠不齐,但是还有吃兵饷的派遣驻兵五万,庆王府亲兵一万,再加上巡司、督军带的私兵,左右能凑齐八九万了。加上粮草、补给、后备人马,说是二十万大军并不夸张。"

"二十万。呵……"步项明自嘲一声,"庆王、监军太监、巡司大人,这三位贵人,哪一个是我这个宁庆遣兵能调动得了的?庆王安于享乐不问军事,金公公只操心捞钱,巡司大人娄震是个墙头草,自太子上位,便对金公公百般奉迎……只我一人,难啊。"

说到这里时,几人终于走到了赵渊家门。

"我听闻了道长的神勇,遂过来瞧瞧神人。"步项明拱手作揖,"万一到时候……别的也不敢求,求道长看在宁庆镇周遭四十七堡乡邻的面子上,出手相助。"

谢太初沉默片刻,开口道:"步将军可知,天道无——"

步项明一脸迷茫地看他。

赵渊看了谢太初一眼。

"救助苍生,我定竭力而为。"谢太初回礼道。

待安置了步项明,谢太初回到家中,便瞧见赵渊在进宝斋送来的那几口大箱子里翻找。

"殿下要找何物?"

"我依稀记得有一套《大端海内舆图》……"赵渊说,"不知在何处?"

谢太初看看院外喜庆热闹的新年样子,没再说什么,弯腰打开几口大箱子,翻找了一会儿,找到那张长宽约三尺的挂图,挂在帐幔的金钩之上。

接着谢太初拿起桌上油灯,抬手照亮了挂图。

灯光下,大端万里江山尽入眼底。

上次看此图,还是霜降前,秋日里在瑞德宫内,他说了相似的话,有着相似的感慨。

"往北是奴尔干都部,外岭为天然边墙。往南至琼岛,再远便是万里沙。东海鱼米富饶,河西瓜果飘香。两京一十三省,沃土十万里……"赵渊道,"寰宇之内,端若次之,则无第一。"

"殿下以为,大端为何强大?"谢太初问他。

"先前浅薄,以为因大端朝君主贤明,能臣治世,地大物博,又兼有铁骑火器。"赵渊轻轻叹息,"如今……知道不是了。"

他看谢太初,黑色的眼眸,在跳跃的灯光映照下明亮动人。

"大端之强大,应在民心。得民心者得天下,失民心者失天下。"赵渊道,"君为民生,臣为民谋,社稷为民筑,则百姓安居,富饶有余,无人不愿生活在这样的乐土,无人不愿为此死守国门。这样的国家,何等外敌强权亦不可侵扰。"赵渊说。

"我以前看这大端江山,只感慨大端的广袤,认为大端绝不会与过往诸朝一般倾覆。如今再看,每一座山川、每一条河流、每一处州府,都因民而存。若轻民而重利,便有千里江山、万里国土,又有何用?流沙做社稷,崩塌亦在倾刻之间。"

29

"殿下所言甚是。"谢太初赞许。

赵渊有些诧异地看他:"我以为真人只尊道学,孔孟学说是看不上的。"

"倾星阁纳百家所长,各类大家之学都曾学过。并不只固守道家准则。况且道学之中,更讲天人合一。天道人道各有思考,与殿下所言其实不谋而合。"谢太初说。

谢太初看看天色道:"殿下饮了几杯酒,不如早些歇息吧,明日再谈。"

"不。还要饮几杯。"赵渊难得任性了起来。

"只能再用些米酒。"谢太初说。

赵渊点头,他便去厨房中斟酒。

糯米中撒了酒曲,年前就放在灶台旁边煨着,又加了颗生鸡蛋，于是不消十日便有了乳白色。如今打开盖子闻一闻，甜甜的酒香飘散。

酒已成。

谢太初打了一壶回来，赵渊举着灯，仰头端详挂图。

"殿下在看什么？"

"按照步将军所言，若鞑娄人真的大举南下，先占宁庆镇，再顺黄河向南入天州城，占整个庆王封地。"赵渊在地图上仔细观摩，"便可以天州城为据点，接着向南而去，先走临兆，再入关中。关中八百里平川，几无险可守。"

谢太初斟酒，递给他一杯，瞧着他在灯下轻轻抿了一口，眼神亮了一些。

"好喝。"赵渊赞扬。

谢太初便笑了笑，接过他先前的话，继续说："远不止于此，东安本是秦王封地。然而秦王府数代无主，东安府相当于一座空城。拿下整个东安易如反掌。届时安、宁皆于手中，再顺着源河往东，入端中平原，一马平川……源河下游直抵余州。"

他敲了敲地图上的余州。

"余州无险可守，占据余州府便要花费大量兵力防御。"赵渊摇头，"我不明白。"

"余州水路四通八达，是大运河中途必经之地。南，可入天府到苏江，则后续粮草补给无忧。北，可直达应天府甬州渡口，挥兵直抵天子脚下。只要能牢牢盘踞余州，便恰似一把匕首，直插大端心肺，天下危矣！"

赵渊面色凝重了起来："竟还有这样一种可能。"

"不行！"他放下手中的酒杯，已转轮椅去桌前提笔研磨，"此事危急，需要尽快知会，宁庆巡司娄震，请他务必严防警备，再六百里加急送奏疏去京城，急拨军备粮草——"

"娄震与金吾狼狈为奸。殿下的书信，他怎么会往心里去。"谢太初说，"何况今日我们所推断的，这些人未必看不透。"

赵渊本已提笔待写，听闻此话，笔尖一顿，在纸上拉出一条长长的墨迹。过了片刻，他放下笔。

"是我人微言轻。"

"不，殿下再想想。"

"金吾那十万支黑羽箭，卖给了鞑娄人。"赵渊思索片刻说，"为何？他本依附赵戟，依附大端，绝不可能断送江山，真想着让鞑娄人入境。若为一己之私，大端若未来凋敝，他又焉能独存？"

"他缺钱。"谢太初回答，"或者说，赵戟缺钱。"

"真人可愿赐教？"

"监军太监私卖武器，在边疆屡禁不止，是因为利润实在太大。吞并军田之金额更是难以估量。可这些钱粮银钱都去了何处？"谢太初坐在桌子的对面，说道。

"当初赵戟还是宁王时，便有亲兵三万，骑兵营四个，共计八千良驹。光是这样的军队，一日所需银粮便让人生畏。更何况，谒陵之中，金翼卫、羽林卫，还有离府、大通的卫所兵都能被宁王调度。上下维持这等人脉，要让人出生入死，只有两样：一曰权，二曰钱。"

"所以，只要赵戟要钱，做的还是谋逆之事，金吾难道还有其他办法？明知道饮鸩止渴，可却口渴难耐啊。"谢太初说，"再说鞑娄人越境劫掠，能调虎离山杀了殿下，于鞑娄人又得了真切的好处，还探明了宁庆镇的虚实。我若是鞑娄人，这样的买卖，我也做。"

赵渊怔忡："是这样吗？"

"人心叵测，险于山川。机阱万端，由斯隐伏。"

"我自幼体弱。虽然在关平长大，可一次边墙都没有去过。第一次见鞑娄人，还是不久前。我自认为在京城为求活命已足够谨小慎微，察言观色。"赵渊自嘲一声，"然而论及天下之局，却比棋盘纵横复杂千倍万倍。是我浅薄了。"

"殿下遭人生大劫，却并不因此颓败怨怼，对万民依旧有悲天悯人之怀，已远超当世诸位。不必妄自菲薄。"

赵渊自谒陵以来的诸多困惑，终于在今日，在今年的最后一个夜晚，得以解答。

村后道观金钟声响。

新年来了。

鞭炮声再次密集起来。在儿童的嚷嚷声中，各类烟花飞上了天。

从门口看出去，黑夜如昼，谢太初的面容在忽明忽暗的光芒中，被勾勒得异常清晰。

"过了春节，马上便要立春。"赵渊忽然说。

谢太初一怔。

"谢太初,你可不可……不走。"

谢太初看他。

"自谒陵之乱以来,我看到了好多人间不公,屡屡想要改变却因为没有力量而随波逐流。我甚至在想,若我当年不是那般自我放任,若我多读些治国之策,多学些纵横之术,我的亲人就有可能救活,我……还有家可以回。"赵渊说,"你亦无辜,我将所有罪责推卸到你的头上,本就是敷衍的弱者之姿。"

"殿下无须苛责自己。"

"我没有你这般强大,可救万代万民。但我想试一试,若还有下次,我至少可以救得了英子,救得了章亮堡。"赵渊抓起拐杖,撑在腋下晃晃悠悠地站稳,然后他双手抱拳作揖。

谢太初连忙搀扶他。

赵渊不起。

"我知道我卑劣,出尔反尔。"赵渊说,"但求真人教我,让我有能力去救眼前之人。"

他暂时只能靠拐杖站立,可躬身弯腰,已有了礼贤下士的仪态。

谢太初有些恍惚,似乎看见了当初那个为救世而苦求师尊的自己。

他有些欣喜。所选之人,已走上了正途,隐隐有了帝王之姿。假以时日,再创太平盛世应不在话下。

谢太初托着赵渊的手腕，缓缓扶赵渊起身。

"我来本就是为殿下治疗腿疾，并不急着走，自然可以教殿下。只是……殿下要拿些东西来换。"

赵渊欣喜中带了些茫然："真人要什么？我如今什么也没有。"

"首先殿下要自如行走，未来才好练习骑射。"谢太初道，"不然若真要驰骋沙场，摔倒磕碰，便危险了。"

"这般的交换，殿下可同意？"谢太初问。

"我想站起来。"

"嗯。"

"我想骑马。"

"好。"

"未来……未来谁也不要再失去亲人了。"赵渊说。

"殿下会做到的。"

"道长，新年如意。"

子时到了，外面烟花炸满半空。

谢太初在烟火中，瞧他侧颜。赵渊带着一丝淡淡的笑意，面容平和。

"殿下，新年如意。"

30

立春那日，赵渊已可以挂着拐杖缓步行走二百余步。然而他却并不满足，每日练习行走，手心磨出了血泡，腿上都是摔出来的瘀青，辛苦至极却从不叫苦。

邻里的婶子们大清早就起身用碱面放在油锅里炸出春馓，让狄英送了一篓过来，如今在廊下摆着，旁边的高沫凉了，馓子也被冷风吹着泛了油花，赵渊却不曾吃一口。

谢太初出门去村口集市采买了些瓜果蔬菜，回来便见赵渊已经两鬓湿透，还在颤巍巍地苦练。

"殿下也需劳逸结合才好。我今日在集市，遇见卖京城奇货的铺子，殿下看看这是什么？"谢太初笑笑，从怀里掏出一个小包，打开来，送到赵渊面前。赵渊仔细去看，是一个个不到鹅蛋大小、表皮发灰的、不规则的圆形果实。

赵渊诧异："是土豆。哪里来的？在宁庆可是稀罕东西。"

"街上认识的人都没几个。从海外带回来，也只有皇城苗圃里的菜户种些，一直以来只是贵族小食。"谢太初说，"问了那铺子老板，说自己的堂舅爷是皇城的菜户太监，得了恩典年老出宫，偷摸带了些出来种植……"

赵渊沉思片刻忽然道："土豆不算难种，吃起来也管饱。

若是给村子里的人，在院里墙角种些，实在没粮食的日子还能果腹。"

谢太初解开腰间那个布袋子，放在赵渊面前。

"我多花了些钱，把他摊位上发芽了的土豆都买了回来。回头可以试试。"

"真人每次都想得长远。"赵渊感慨。

谢太初扶着赵渊在廊下坐下，他用屋檐下的竹竿上挂着的襻膊将衣袖收拢，收拾了已经冷掉的茶水和春篦。

接着他把进宝斋送来的药包拆了，灌上水，在炉子上热着。又将带回来的土豆挑了两颗品相不错的，放到炭火下。

赵渊靠在躺椅上瞧他，直到谢太初忙完了一切，给他塞上一杯温茶。

"殿下为何如此看我？"谢太初问。

赵渊笑了笑，垂下头，看杯中那杯已经滤过茶沫的温茶水。

"英子想读书。她爷爷年纪大了，只教了些字句，再多的也不会，我琢磨着若你最近去宁庆镇，可以买些书来，我给她讲课。"

"好，我记下了。需要买什么？"

"《诗经》《论语》便足够。"赵渊顿了顿，"其实我亦想请真人指点我一二。"

"哪方面？"

"关于鞑娄人未来之趋势，宁庆和关中的危机，我这几日思前想后，寝食难安，夙夜难寐。"赵渊道，"我在郡王府时，闲暇无聊，看了不少兵书打发时间，如今只觉得束手无策。"

谢太初沉思片刻，入内端了一套围棋盘而出，放在小几上。

"真人要与我手谈？"

"殿下请先。"谢太初道。

赵渊不明所以，从棋盒中夹白子在手。

白玉做的棋子打磨圆润，已是进宝斋送过来的精品。久违的冰凉感，在他掌心滚动。

他看着棋盘，怔忡了一会儿，遂执白子于座子上。随后谢太初执黑子放于座子。

赵渊酷爱围棋，在京城十年，师承李国手，棋艺超群，自不惧谢太初。

随着落子声响起，纵横之间便已开始引兵布阵。

初时，谢太初行棋畏缩，似犹豫不定，不见章法。赵渊却并不放松警惕，不动神色，行棋稳健。方圆间黑白棋子几乎屡屡擦肩而过。

中程，黑棋刚才所有的布阵竟成燎原之势，隐隐拉锯开来，抵挡住白棋的大军压境。赵渊不动声色，白棋顺着黑棋的意思，继续轻敌深入。

到末端，黑棋左上盘渡，右下突刺，与白棋层层缠绕，互相纠缠，棋盘之上瞬间反转。

黑棋后来居上，以少胜多，以弱胜强。谢太初胜局已定。

谢太初道："对弈本就演化自先古沙盘的地图。以棋盘为天地，以黑白为敌手。自可推演战局走向，融会贯通。"

谢太初说完，赵渊欣喜："我竟不曾仔细想过，还有此等妙用。"

他说罢低头再去研究那棋盘上的战局。

从谢太初的角度看去。盘腿坐在躺椅上正低头认真端详棋局的乐安郡王，恬静温和，还有几分在京城时养尊处优的雍容。

谢太初叹息一声："我输了。"

赵渊诧异："黑子形势一片大好，何以认输？"

"我不善棋，前面这百手不过是灵光一现。后面再下，我必败于殿下。想必殿下也算得出来。"

"是。只需再十五手。"赵渊说。

谢太初站起来，看看天色，感慨道："殿下行棋之时，处事不惊，临危不乱，深不可测，棋路大开大合，我自叹弗如。"

一局终了，日头西斜。

夕阳仿佛不肯离去，顺着西边的云彩，将晚霞铺在整个天上。

治疗腿疾的药热好了，谢太初端过来，见他仔细喝下，然后赵渊终于忍不住皱眉嘟囔了两句。

"药真苦。"

也就这个时候，他还留存了两分郡王的矜贵气质。

谢太初笑笑，从炭灰中扒拉出那两个烤好了热气腾腾的土豆，趁热去皮，又从厨房找了些白糖，递给赵渊。

甜甜的土豆，终于将嘴里的苦味缓解。

他大约是真有些饿了，又吃了一口，感慨道："以前在京城这样的吃食只能算是宴间点缀，浅尝两口，就去吃了别的。也不会多看一眼。"

谢太初始终带着些笑意瞧他，问："如今呢？"

"管饱舒坦，比喝粥强。"

雪还未化，天寒地冻，有喜鹊飞上了树梢，叽叽喳喳地叫着。

31

赵渊知道未来不定，危机随时可能到来，有十分紧迫之感，日夜加紧练习腿脚，又得了谢太初配药，行走之事进展神速。立春后又过不到半个月，已经勉强可以脱拐站立。

谢太初便去贺山寻了木材，在廊下雕刻数日，才将精心做好的手杖送给他。

那手杖打磨得仔细，又上好了桐油。手柄仔细雕成玄武，栩栩如生。握持在掌心，正好托住了手掌，分外舒适。

收到这份礼物的时候，赵渊沉默良久。

"殿下可是觉得哪里不合适？"谢太初问。

"不。"赵渊道，"很合适，多谢。"

说完这话，他右手撑手杖开始一瘸一拐地试着维持平衡，又行数日，在手杖的帮助下，已基本可以缓慢行走。

春节前那场劫掠战，军马四散各堡，立春后才陆续返还。

狄边平忙得转不开身，整个马苑寺里人手亦不足够，便让狄英唤赵渊过去帮忙。

赵渊听了狄英的话，回头对谢太初说："我去趟马苑寺。去去就回。"

彼时，凝善道长正把屋子里的被褥、披风拿出来在院子里晾晒，用藤敲打，听见他这话，便应了一句："好，路上小心。"

似乎他这次只是普通出门，并没有什么不同。然而这次是真的不同，是他第一次站着走出去。没人帮助，全靠自己。以前可以轻松拦着他的门槛，如今已不算什么难题。

自上次以后，村子里的几个马苑寺监守得了狄边平的招呼，都护着赵渊。

新来的看守知道上一个死状惨烈，更是睁一只眼闭一只眼，几天也不出现一次。

赵渊的生活比起前些日子，倒是轻松了一些，自可随意出入院落。

站在坑坑洼洼的路上，赵渊挺直了脊梁张望，周围低矮的草棚更显得压抑，从更高的视角看去，一切都仿佛变得更加局促拥挤了。

他又回头去瞧谢太初。谢太初正从库房里将箩筐一个一个摆出来，里面是用盐渍过的菜头，放在太阳底下翻面晾晒。

他深吸了一口气，冷冽的气息钻入肺里。

"哥，走吗？"狄英问他。

赵渊回神:"走。"

他抬腿向前。

阳光正好。

身后是过往的乐安郡王,因封号而尊贵,摘下这四个字,内里空空。

迈出这一步的乃赵渊。前路迷茫,然而心中有了决心,便不再忐忑。

他如今行走还有些生疏,走到马厩时已有点喘气。没等他缓过神来,狄边平已将册子和笔塞入他怀中:"怎么才来,赶紧,后面马队就要过来了。"

"马队?从北岸过来?"赵渊问。

"不止。"狄边平道,"拢州那边打了胜仗,福王亲军在贺山对面将鞑娄骑兵打得支离破碎,夺了五百匹马,听说宁庆没战马,就给送过来了。"

"福王亲军?"

赵渊来不及再问详细,便感觉天摇地动,密集的马儿嘶鸣声从北边传来。接着,数百匹高头大马很快便出现在马场那头。

二三十个骑兵赶着马队入了马苑寺的马厩。

狄边平站在关卡的高台上,挨个计数。赵渊与马苑寺的众人在他的指引下,引马匹入后面各个马厩。一边入马厩,一边检查马匹数量。

苑内众人一时手忙脚乱。几十个马厩终于塞满,忙碌了大半个上午才平静下来。

赵渊出来穿的是短袄，如今热得浑身是汗，脱了短袄，留下里面比甲直身，全然没有形象。他也不太在乎，终于消停了之后，一边接过一碗水来喝，一边听旁边的牧户们闲聊。

"我没看错吧，竟然是郡王爷亲自点马？"步项明骑马过来，嚷嚷道，"好家伙，大半个月没见，郡王爷都可以走路了？"

赵渊见是他，笑着端了碗水过去："将军请用。"

"不喝不喝。"步项明说，"准备回去吗？"

"正是。"

"正巧我要去找谢道长，便同你一起走。"

二人说着便往村里去。

赵渊边走边道："将军，入寺的马匹今日有五百二十八匹，加上前几日的，马苑寺中的马匹已经有七百余。如今马是多了起来，但是草料不够了。昨日和狄老爷子点了库存，可能也就够吃五六日。"

步项明本来得了马正意气风发，一听这个，就发愁了："怎么净给我出难题。"

他愁眉苦脸地想了好一会儿，叹了口气："我迟点去求求金公公松口给点草料吧。不说这个，郡王，从拢州随马队过来的还有两个人，说是福王有令，让他们来找您。"

"谁？"赵渊问。

此时已行到家门口，步项明故弄玄虚一笑："来了你就知道了。"接着便入了屋子。

这些日子以来，步项明经常来这边坐坐，跟二人闲聊。这

第四章 立春之事

会儿把这里当是自己的家,在廊下找了个椅子一靠。

"累死了。"他嚷嚷,"道长、真人、仙长……有没有水喝啊?"

谢太初从里面端了茶出来,给他倒了一杯。又见正迈过门槛的赵渊,问:"殿下可要饮茶?"

"不喝了,刚在马苑寺喝了邻里几口凉水。"

"殿下身体虚寒,如今天气还冷,少喝凉水。"谢太初收了杯子,放下一碗汤药,"那便喝药吧。"

赵渊也不推却,端起碗来喝尽,还未等皱眉头,一个热气腾腾剥了皮的土豆已经放在他面前。

"多谢真人。"

"殿下客气。"

此时,便有两个人骑着马从马苑寺方向过来,到门口停下。二人下马,赵渊一看,正是在地灵山下接应谢太初又护送他一路来了宁庆的左近卫营千护阚玉凤和百护陶少川。

陶少川被留下来保护他。后来拢州战事吃紧,陶少川又丢下他一个人跑回去了。

两个人迎面入门,互相看了一眼,已上前抱拳单膝跪地。

"福王座下千护阚玉凤。"

"福王座下……陶少川。"

"这是?"赵渊问。

阚玉凤叩首道:"先前少川失职,未安置好郡王就回了拢州。老王爷大怒,军法处置,给了他十军棍。又摘了他百护的帽子,让他当先锋杀敌，将功赎罪。还请郡王爷大人大量，饶过陶少川这次。"

赵渊沉默片刻，说："若按军令，陶少将已受军法，便算是功过相抵，军中既往不咎。福王治军之事，我一个庶人并不能管，为何要向我求饶？"

阚玉凤看了陶少川一眼。

那少年噘着嘴眼眶红红的，似乎有些不服气。比起之前张牙舞爪的骄傲模样，如今平添了几分憨里憨气的可爱。

阚玉凤推了他一下，陶少川不情不愿地从单膝跪改成了双膝，又恭敬地垂首伏地。阚玉凤亦改行大礼。

"我办事不力，没有尽心也受了惩罚，连带着左护卫营两千弟兄，遵福王令来宁庆护卫郡王爷。从此以后二人归郡王麾下，唯郡王马首是瞻，与福王府再无半点干系。"阚玉凤道。

步项明在旁边围观，听到这里跳了起来，眼睛都瞪大了。

拢州福王赵祁是北边的战神。

景帝曾有意传帝位于他，却被他以北边不平、无意为帝拒绝。后袭福王位，靠着铁血亲兵，在拢州拱卫一方水土安宁。

福王座下亲兵无一不是他亲手栽培，上了战场凶狠起来比鞑娄人更猛。说句不夸张的话，只要在战场上抬起带着"福"字的大纛，得有一半鞑娄部落闻风而逃。

如今这般的精兵，说给赵渊两千就给两千，还附送阚玉凤这样的年轻将领。

"人比人气死人，拼死拼活拼投胎啊这就是！"步项明羡慕得眼睛都红了，对谢太初叨叨。

此时的赵渊已经不再是过往的那个乐安郡王，听了这话，并没有欣喜若狂，更不曾退却不收。

他安静片刻，躬身虚托二人："二位少将军先起来。"

阚玉凤见他没有表示，起身又道："郡王爷是担忧庶人带兵引火上身吗？这两千人马如今都在关外，不曾入关。"

赵渊看了眼步项明："我若担心这个，就不会在步将军面前听二位说完这话。"

阚玉凤又问："那是粮草供给吗？我们随行带了些银钱，与进宝斋多有交易。粮草数月内不愁。更何况随我来这两千人都是忠诚精兵，吃苦耐劳，亦不会有背主逃逸的想法。"

"不是。"

阚玉凤拔出匕首，抵在自己喉咙上："若郡王疑心我等，我亦可自戮以证忠诚。还请郡王爷收下其余弟兄。"

福王是赵氏族老，素有刚正之名，在沙场上更是旷世奇才。如此之人，明明可以选个更恰当的时机将这两千人马交付自己，为何偏偏要在这个时候？

赵渊想到这里，再仔细打量阚玉凤。

他态度恭敬……忠诚也许有，只是似乎并不打算直言相告。

"二位少将军在地灵山救我性命，又送我来宁庆。"赵渊握住阚玉凤的手腕，"救命之恩未曾报答，我怎么会怀疑将军忠心？"

阚玉凤松了口气，匕首入鞘，问："那郡王爷可要收下我等？"

赵渊看谢太初。

他站在屋檐下，刚弯腰提起桌上空了的茶壶，却似心有灵犀，正好抬眼看他。

二人视线相交，赵渊已经明白他的意思。

"是。"赵渊说。

阚玉凤大喜，拉陶少川又拜："从此以后，唯郡王马首是瞻！"

阚玉凤与陶少川引赵渊去村外见候着的数十位将领，院子里就剩下步项明坐在躺椅上喝茶。

日头终于是高了，晒得人暖洋洋的。

32

春日，黄河冰水消融，便是在夜间也可听见冰层破裂的巨响。

次日谢太初便骑大黑马引赵渊再至黄河大堤上，回首而望。

西边是延绵的贺山，而东侧滚滚河水奔腾向宁北关，那关外便是鞑娄人的天下。

谢太初道："我担忧鞑娄今年会有大动作。"

"何以如此？"

"有之前十万支箭打底，再加上冬日鞑娄佯攻。"谢太初道，

"算起来皇帝因病卧榻的时间也足够久了……若宁王登基,这其间混乱,难免有些人会起野心。"

赵渊深吸一口气:"我也有这般的预感,总觉得山雨欲来,后续怕要天下动荡。才要抓紧时间自强,未来乱势一起,尚可自保,不拖累其他人。"

"殿下喜弈,便知这围棋之戏与兵法相似。"谢太初道,"以中原之地为腹地,周围围绕九大区域。其间山川纵横,又有水脉相连,便是千年沧桑变化,山川都会这一点却从来没有变过。"

"何为山川都会之地?"

谢太初道:"山脉贵隔,河川贵通。隔通之间便是山川都会之地。宁庆背靠贺山,面朝黄河,水脉纵横,沃土千里,便是这山川都会之地。得一山川都会之地域可称雄,得九域可问鼎天下。"

"我懂了,这就是地利。"

"正是。"谢太初说,"若殿下行兵打仗,江山舆图应牢记心中。远近、险易、广狭皆可为地利,因利乘便,则百万大军不足惧。"

他见赵渊似有触动,又道:"殿下可将此间地形熟记,回头我们在棋盘上以此对弈,便能有所感悟。"

赵渊认真点头,仔细去看周遭环境,又于心头默念。

此时,黄河上巨大的浮冰碰撞摩擦,河上有人驾独木舟在浮冰间穿梭,点燃手里的炸药,陆续扔在周遭大块的浮冰上。

很快巨大的爆破声便响彻云霄,数丈高的水喷射出来,冰块也被粉碎，夹杂在水中落下。浮冰去除的地方有大浪从上游而下迫不及待地把这些冰拍碎在了下游的冰上。黄河两岸的堤坝上，无数冰凌便在岸边堆积起来。

那些去了冰层的河道变得宽阔，河水湍急地往下游而去。

"上游暖和河水融化，下游黄河还结着冰，黄河水涌过去便要翻堤成洪，这便是黄河凌汛之灾。稍有不慎，河水漫堤，今年宁庆镇的收成便没了，鞑娄人那边也会遭难。受了洪灾的年份，鞑娄人的劫掠会更频繁。因此宁庆镇会派专人炸冰，防止河道淤堵。"

"每年都是如此吗？"

"大部分光景都要这般。"谢太初道，"为此，朝廷每年要向黄河沿线的州府拨一大笔治灾银。"

在京城这个时节，海棠花、梨花、桃花、迎春花都开了，公子哥儿们相邀踏青，觥筹交错，赏花品红，美不胜收。

而在宁庆，从章亮堡往北，顺着黄河还有十来个堡子，最远便是宁北关。这中间住着无数百姓，也有着无数屯田。

从这一刻开始，便是一场生死之间的拉锯战。

若是凌汛发生，一年的指望从第一个春天便要落空。

"太苦了。"赵渊安静了很久说。

"是。"谢太初道，"民生皆苦，自古如是。"

赵渊苦笑一声："之前你说时，我尚且不懂。如今再听这句话，只觉得愧疚之极。朝菌不知晦朔，蟪蛄不知春秋。我见识短浅，可笑可叹。"

"殿下不是这样的人。"谢太初轻叹一声,"若说起来,殿下何尝不是民生中的一人呢?殿下经历的苦难,难道不让人肝肠寸断,为之痛哭涕零?以后勿再这般妄自菲薄。"

"我想做些事,不止于自保。是不是不自量力,是不是可笑?"

"不。"谢太初回他,"可敬,可叹。"

黄河水在二人身后奔腾。

赵渊心中似有千言万语要说,然而似乎每一句要说出的话,都被压在了咆哮的巨浪中,他无法开口。

一直到堤坝的那头,即将离开张家堡的范围,河水终于平静了下来。

"有些冷,回去吧。"谢太初说,"我在锅里用土豆炖了些腌肉,应该也煮得差不多了。回去我做莜面,下进去一并吃。"

赵渊垂首低声道:"好。"

刚下大堤,便见阚玉凤和陶少川二人赶过来,二人便下马迎接。

"凤哥,少川。"赵渊唤道,"怎么了?"

阚玉凤急道:"宁庆镇来了人,要见您。"

"什么人?"

"叫廖逸心。"

"是监军太监金吾身边的心腹。舒梁的干儿子之一。"谢太初道。

赵渊沉思:"是不是因为上次设计杀我未成,发现杀看守和鞑娄兵是我们所为?还是因为发现真人在宁庆了?"

"不管何因,殿下此去定会受到金吾刁难。"谢太初说,"我与殿下同——"

"你不能去。"赵渊不等他说完,直接打断了他的话,"你之前救我杀了追兵,虽未对你张榜通缉,赵戟一定在私下找你。步将军大义,不曾上报你的踪迹。你更不可以显露在人前,一则牵连步项明,二则定会被抓回京城,自身难保。"

"金吾绝不是什么良善之辈。殿下独自去,怕有去无回。"

"让少川随殿下去吧。"阚玉凤道,"我在拢宁一带多少有些脸熟,认得我的将领颇多。倒是少川,年轻面嫩,机灵懂事,适合跟着保护郡王爷。"

赵渊点头:"我觉得可以。少川可愿随我前去?"

陶少川点了点头:"我去。"

村口有一辆黑色马车。

赵渊又坐回轮椅,在陶少川的推动下缓缓走过去。

来人见他,躬身作揖道:"参见庶人。"

"金吾要见我?"赵渊问廖逸心。

"是。"廖逸心做宫廷内侍打扮,低眉顺目地应了一声,"金爷说您自从来了宁庆镇,便没有见过一面。想起来只觉得愧疚,差奴婢来,务必请庶人移驾金府。金爷在府上设宴恭候。"

"公公客气了。公公贵姓?"

"奴婢廖逸心,在金公公府上混个跑腿的差事。"

"廖少监稍等片刻,容我收拾衣冠。"

"这就不必了吧。"廖逸心恭敬地回道,言语却无礼之极,"在宁庆,还没有谁敢让咱们金公公等着的。就算是庆王也不行。金公公拨冗见您,还请庶人与奴婢一起走。"

他抬手指向马车。

赵渊深吸一口气,对陶少川说:"走吧。"

三人上马车离开了章亮堡,远处在隐匿处观望的谢太初和阚玉凤这才出现。

阚玉凤道:"接了消息,大行皇帝宾天,如今停灵乾琉宫。宁王已受圣旨,如今是嗣皇帝了,百日后登基大典,就要掌玺称帝。"

"难怪金吾急了。"谢太初说。

他脱下大氅,戴上襻膊,将院子里晒干的菜头收起,晾晒的被子、衣服也收入房间叠好。把屋里的东西都擦了一遍。围棋收入棋盒,在廊下摆好,浇灌院子里种下的土豆。茶杯洗净,倒扣在托盘上。《大端江山舆图》卷起摘下,放在油布下面裹着。

阚玉凤也不好闲着,连忙拿了扫帚打扫地面。

待家务事毕,谢太初搓了莜面鱼儿下锅煮好,浇上炖好的土豆腌肉。二人就着这锅肉吃了两碗面。

谢太初收拾了细软,让阚玉凤给狄边平家送去。

他又将赵渊的几件厚衣服叠好,压入箱底,这才带着阚玉凤出门。

他瞧了一眼这小院落,拉上柴门,锁上铜锁。

谢太初将好久未曾用过的道魔双剑别在腰间,他一抬手,大黑马踱步到他身侧。

"走吧。"他对阚玉凤说。

"去哪里?"阚玉凤一时茫然。

"去宁庆镇。"

33

金吾家宅子极大。

赵渊与陶少川二人随马车入大门后,便被人引入了门厅。他二人在门口站了一会儿,来往仆役众多,没有人与他们讲话。

陶少川等了一会儿,抓住了一个阉人打扮的人问:"廖逸心呢?"

那仆役问:"您哪位?"

"这位是乐安郡王。金吾让廖逸心亲自请来的,现在廖逸心人也不见了。什么时候见金吾?"

"什么乐安郡王?没听过,没听过。"那仆役挥开陶少川的手,摇头走了。

陶少川还要再找人问,被赵渊阻止:"算了。"

"可——"

"我现在是个庶人。"赵渊说,"金督军位高权重,公务繁忙,一时半会是轮不到我的。"

"这不是欺负人吗?把咱们从家里一路押过来!就让咱们在

门房等着！搁在拢州，我直接就进去剁了他喂狗。"陶少川终于懂了，气呼呼地就去摸腰间的佩刀，一时摸了个空，才想到自己早就被削了百护的官帽子。

赵渊倒是平静，他推着轮椅到屋檐下，旁边小几上有给他们上的两碗茶，茶水冷了，发淡发黄。赵渊拿起来，饮了一口，感慨一声："比高沫好一些。"

"受不得他这鸟气。"

"不生气。生气何益？"

"殿下怎么还这么淡定啊？要不咱带殿下走？"陶少川问他。

"走不了。金吾养私兵至少五千，十步一岗，站岗的都是些彪莽大汉，长枪佩刀。进来了，金吾不发话，就不会让我们离开。"赵渊说。

陶少川站在门厅往大门方向看去，两侧围墙下，全是表情肃穆的兵士，个头魁梧，全身皮甲金胄，随时可列队成编。

他年轻的脸上不耐烦的神情也消失了，低声道："自家宅邸防守如此森严。金吾不过一个阉宦，竟敢越制至此。这是要做什么？"

赵渊想起了金吾与鞑娄人的交易。

"也许是心里有鬼。"

他说完这话，又饮了口茶，笑了笑："少川，你看，墙外的香椿树发芽了，有喜鹊在上面叼啄。"

陶少川怏怏然走回来坐下，在门厅里的条凳上坐下，跟赵渊一起瞧香椿树。

"这有什么好瞧的。"陶少川嘟囔。

"大椿者,以八千岁为春,以八千岁为秋。"赵渊感慨道,"它可活得比无数帝王的年岁加起来还要久。"

"哦……"陶少川似懂非懂,又说,"再过两日,就可以把椿芽摘下来,洗干净,切碎,进锅里跟鸡蛋炒了。好吃。"

赵渊一怔,笑了出来。

"要不然剁碎了包饺子也挺好吃的。不过这个时节,农户多半家里没面了。就把椿芽洗净,用粗盐腌在罐子里,等之后佐餐食用。"

"除了椿芽还吃什么?"赵渊问他。

"这个时节青黄不接,不过倒也有些好吃的。香椿、榆钱儿,再晚些还有地里冒头的野菜。虽然不管饱,多少能撑到播种的时节。那会儿山上就有狍子了,还有山鸡。"陶少川咽了咽口水。

"听起来甚是不错。"赵渊赞同。

"燕子窝绝对要掏的,还有田鼠也不能放过。"陶少川又道,然后有点不好意思地笑了,"小时候家里穷,就吃这些,见笑了。"

"后来生活好一些了?"

"是。我爹是军户,战死了,我十来岁的时候就被老王爷挑去,入亲卫营,军饷从未少过,还有各类抚恤。日子就好起来啦。"

"福王……是个什么样子的人?"

"殿下跟老王爷不是亲戚吗?没见过?"

"福王在拢州做藩王,威望极高,皇帝忌惮,不会让他随便离开拢州。我又从小在京城,不被允许离开应天府。"赵渊摇摇头,"皇家族亲见面的极少。福王虽然是我族宗老,我也只听其尊名,不曾见过。在宁庆待得久了,听说拢州与宁庆不同,许多人都跑去拢州境内生活。跟我说说吧,福王是什么样的人。"

"哦……"陶少川想了想,"老王爷这个人吧,生活清贫,钱财都拿出来救济百姓,补贴军备了。对亲卫军很严苛的,治军严明,法纪严正。如今年龄已经六十有二,一有战事总是身先士卒。福王府上诸位世子郡王,也没有一个懦弱胆小的。老王爷自己的两个亲生儿子都战死了。便是发丧那日,鞑娄来袭,老王爷带着丧引兵就出去杀了八百个蛮子。"

"他没了儿子,便收留我们这些孤儿,像我这般失了父亲的有数百人。"

"阚少将呢?"

"凤哥?"陶少川摇头,"凤哥不一样,凤哥父母都没了。老王爷把他当亲生孩子从小养大。"

"这般……"

"还有我上次……我……我上次不是抛下郡王,一个人去勇州杀敌了吗?老王爷见到我一脚就把我踹飞了。我吐了一大口血。然后罚我军棍。

"挨完打回来,老王爷问:'知道为什么我罚你?'我不服说:'必定是你心疼乐安郡王,舍不得自己的族亲受苦,非要我去给人当侍卫。'你猜王爷怎么说?"

"他怎么说?"赵渊问。

"老王爷道:'你错了,我罚你,是因为下令让你在宁庆保护赵渊,你却做了逃兵。军令如山,你有违军令,我便要罚你。'"

赵渊震撼:"福王殿下赏罚分明,治军有方。难怪所向披靡。"

陶少川听了这话,有些骄傲:"因此那次,我以后一定好好保护殿下,跟着殿下,绝不让殿下受一丝伤。这是军令。"

赵渊手里那碗茶不经喝,话未说完,茶已经空了。也没人再给加水。

二人又在门房处等候了许久,天色从明至暗,喜鹊回巢,出入府邸的人都没了,这才有人过来道:"咱家老爷有令,请庶人随我去裕兴堂。"

二人起身欲往,陶少川却被仆役拦住了。

"老爷只传了庶人一人。"那仆役道。

陶少川皱眉就要发作。

"我自己去吧。"赵渊说。

"可……"

"无碍,你在此间等我。"

"是。"陶少川最终不情不愿地领了命。

赵渊摸了摸新还巢的扶手,温润的木头在他掌心撑着,让他安定了一些,他对那仆役道:"烦请带路。"

金吾宅邸奢华。

越往里走,便见精雕细琢的楼台,山石别致的院落,各色松竹,窗花贴金……让人忘了这是在塞上,仿佛回到了应天府。

恍惚间，便以为是入了哪位王公贵族的宅邸。

赵渊被仆役推着穿过一镜湖，对面的水榭便是裕兴堂，仆役通报后带他入内，在外伺候着。

幔帐堂内正唱着戏。

"惊觉相思不露，原来只因入骨。

"情不知所起，一往而深……

"又岂知，爱恨情仇，终难忘，刻骨铭心……"

女声婉转凄切，字句直入人心。赵渊坐在轮椅上，听了半晌方才道："庶人赵渊到了，拜见督军大人。"

幔帐内的唱腔停了。

片刻有人道："你们下去吧，请庶人进来。"

帐中有人应声，便有几个戏班子的人带着女伶离开。

赵渊入内，又行礼后起身。

金吾半躺在罗汉榻上，正点燃了水烟吸了一口。他样貌普通，脸色有些蜡黄，颧骨极高，腮下无肉，以至于整个人显得分外刁钻。然而那双眼睛锐利，犹如鹰眼，便知道此人应不好惹。

有一位侍女正为他修甲，另一侍女半跪在地，帮他托着金色烟匣，待他吸完这口，才悄然躬身退后。

他吐掉嘴里那口烟，眯着眼睛从烟雾中打量赵渊。

此人真是福大命大。本来已经按照舒梁的意思，想些办法除去了，没料到饿没饿死，杀没杀成，竟然苟延残喘活到了今天。

"庶人是皇室宗亲，何必向咱家这般的奴婢行礼，折煞了。"他不甚真心道。

赵渊又平揖道："大人是督军钦差，我不过平民庶人，自然应该恭敬待之。"

"过年前不久，太子殿下还差人来信，托咱家务必好好地照顾庶人呢。"他在赵渊耳边道，"宁庆军务繁忙，咱家也迟迟不曾去见庶人，还请庶人见谅……不知道张一千有没有替咱家好好招待庶人？"

他话里有话，一边仔细打量赵渊，眼神间放肆，并不避讳。赵渊被他的目光扫射，只觉得像是被一条蛇舔舐，令人厌恶。

"我在章亮堡一切安好。烦劳大人费心了。"赵渊道，"把守大人也为我谋了差事，五日可得一把粥米，可糊口……不知督军大人找我有何事？"

"也不是什么大事。"金吾一挥手，有一侍女过来，递上一个锦囊。

赵渊接过去打开来看，里面是个铃铛，叮当作响。铃铛上系一金丝线做的挂绳，挂绳上有一平安结。

"这是？"赵渊不解。

"是廖逸心过年前从京城带回来的。"金吾说，"南城府司的指挥使沈逐托他转交给庶人。"

"南城府司……指挥使？"

"哦，庶人还不知道吧。"金吾道，"沈逐沈大人谒陵靖难有功，已被破格擢升为南城府司指挥使了。"

赵渊沉默片刻："他……沈大人给我这个作甚？"

"他说此乃结义时的交换信物，如今割袍断义，还给你了。"

第四章 立春之事

从此没有你这个兄弟,望你在宁庆好好反省,恭顺做人。"金吾假装不经意道,"你知道吗?太子第一日建国时,你那义兄汤浩岚因为不顺从太子,跟他父亲一起被杖毙了。还是南城府司行的刑。死状凄惨,臀背露骨。席子一卷,乱坟岗扔了完事儿。听人说后来他家女眷去寻,二人的尸体早让乌鸦野狗啃了半边。"

几句话,前尘往事便被翻了出来。

义结金兰。金兰早被碾碎在了御阶前。兄弟情义哪里还有半分。

赵渊以为自己能抵得住一切,听见了汤浩岚的际遇,只觉难过。

那铃铛在手中叮当响了几声,被他按住了金坠子,消了音。

"多谢……多谢督军大人告知……"他低声道。

金吾轻笑了一声,他起身走过来,伸出骨瘦如柴的手指,勾着赵渊下巴抬起:"庶人好气色。"

赵渊微微避开,垂首问:"大人作甚?"

"五日一把粥米,吃得饱吗?"金吾问他。

赵渊怔了怔,遂摇了摇头。

金吾见他意气尽丧,得意地笑了笑:"咱家倒是想为庶人多操些心,只是宁庆贫瘠,米粮有限,闲人是吃不上饭的。只是……咱家受太子与舒执事之托,又怎么好让庶人未来只吃粥米?"

"还请大人指条明路。"赵渊顺势哀求。

"巡司娄大人好棋,曾于一年前在京城时书信一封于庶人府上,求一手谈,庶人不允,娄大人一直耿耿于怀。庶人还记得吗?"

一年前，太子与宁王已势同水火。

赵渊身份特殊，在京城素来不敢结交当朝大员，尤其是娄震这般的封疆大吏，更是避之不及。怎么敢与他手谈，平白惹人猜忌。

"不太记得了。"赵渊只好道。

"娄震好棋，明日是娄震寿辰，宴席上见了庶人定分外欣喜。若再秉烛对弈，更能解开他心中郁结。"金吾一笑，"庶人要什么没有？"

原来褫夺封号的庶人，最终也只能沦落到此？

赵渊忍不住要自嘲。

"渊自来了宁庆，四肢废三，操心生计。哪里还有闲情逸致下棋，怕要扫了巡司大人的兴致。"

"这简单，咱家陪庶人对弈。"

金吾摆棋在几上，已放棋于座子："请。"

他态度不容拒绝，赵渊便上前执棋，躬身道："得罪了。"遂抬手落两个黑棋。

棋局一开，赵渊便已全神贯注，不用与金吾虚与委蛇，倒落得轻松。

金吾棋术不差，二人前半程打得难解难分。

行棋过半，外间有仆役道："老爷，步项明来了。"

赵渊心中一惊，下了一步坏棋。

金吾笑了笑，顺势已追击而上，对仆役说："让他进来。"

片刻，步项明带着侍从入内，那侍从手中还捧着一个木箱。

第四章 立春之事

步项明看到了赵渊，也有些诧异，却不敢过多招呼，只抱拳道："金大人。"

"步将军所为何事？"

"前几日大行皇帝宾天的事想必鞑娄人也知道了。今日在边墙各处，鞑娄人已有集结之势，其中贺山方向的关隘宁北关和长城关外，数量极多，有数万之众，还有各部落骑兵陆续赶来。军情危急，还请督军大人下令调拨驻兵粮草，以备筹谋。"

他召过仆役，打开木箱。

赵渊瞥了一眼，里面是二百两白银。

他暗叹一声。这二百两必定是步项明全部家当，又怎么入得了金吾的眼。他们这些太监早就被巨额金银养刁了胃口。

"下令？"金吾果然冷笑了一声，"谁知道步将军所言虚实？"

步项明道："属下绝不敢以军国之事造谣！"

"若步将军所言无误，为何咱家麾下各关内的守备太监不曾有军情急报呈上？"金吾说，"步将军，假传军情可是砍头的大罪。"

步项明问："军国大事，属下为何假传？众人皆知，金大人与鞑娄人售卖兵器，那些个守备太监与鞑娄人来往甚密，早就收了贿赂封了嘴，绝不会上报这等军情。"

"步将军是何意？"金吾冷了下来，"步将军指责咱家串通鞑娄？咱家怎么听人说，是步将军你私下售卖武器与鞑娄人，却又给不足数，惹得鞑娄人不满，才有了去年年底的劫掠。如今莫不是担心鞑娄人走漏了风声，便急了要取了兵权去调兵，反手杀了咱家这督军？"

步项明怒了:"金吾你血口喷人。谁人售卖武器给鞑娄人,你难道不知?如今反咬我一口是什么意思?无凭无据,还要砍我头不成?"

金吾扔下手里的棋子,冷笑道:"步项明,你冬天先斩后奏,领了马苑寺的马,把那一千支好箭都拿去用了。违抗军令的账,咱家还没跟你算,你却来咱家这里叫嚣?你说得没错,没有圣旨咱家不敢砍你这宁庆遣兵的头,但是咱家却能砍别人的头!"

"来人!"他指着步项明的仆役,"这下贱人穿着带泥的靴子入内,污了咱家的地。把他拖下去,杖毙后砍头。"

下面私兵齐声应是,陆续上来抓了那仆役。

步项明暴怒,要过去拦人,却被七八个精兵反手压在地上动弹不得。

他手下仆役在外面院子被杖十下,惨叫声未绝,接着一刀而过,血溅当场。

金吾笑了笑:"步大人,您记住喽。官大一级,压死人。您今儿说什么,咱家这令都不会下的。鞑娄来不来,咱家可比您清楚得多了。万一真让您瞎猫碰着死耗子,立了大功,那要咱家作甚?"

步项明双手被反剪,怒目瞪向金吾。

"把步大人'请'出去吧。"金吾挥挥手,"什么时候步大人的膝盖软了,什么时候咱家再见步大人。"

步项明被人拖了出去。

金吾从旁边拿了精美的缎帕擦了擦手,对赵渊笑了笑:"来,咱们继续。"

赵渊轻轻应了一声，又下一子。

末了他输了金吾十余子，金吾狐疑地盯着他："京城不是盛传庶人棋艺超群吗？"

赵渊道："今日受了惊吓，有些慌张。"

他谨小慎微的样子，哪里还有半分贵族气质，金吾瞧着他低垂的头，轻蔑地哼了一声。

"罢了。"他对下面人道，"来人，将庶人带去偏院歇息吧。"

他又瞧了瞧赵渊的道袍。

"再找些个金贵的衣物，明日好好给庶人打扮一下。"

赵渊被仆役推着，与陶少川会合，又被送去了一偏僻院落。

陶少川打量他问："殿下无事吧？"

赵渊摇了摇头。他拿出那只铃铛，牵着平安结。

铃铛在风中叮当作响。

过了片刻，他忽然热泪盈眶，他明白了沈逐要传递的意思。

铃铛……平安……

林奉安，还活着。

第五章 谁定苍生

34

京城，严代斜街酒肆。

玉衡楼正对着琉璃海那一侧，算是个清雅之地，设了假山石凳，供喜欢安静的客人们品酒赏景。

沈逐坐在靠近水边的那石凳上，看着湖边不远处的灵道司散了衙。眼神漆黑深邃，不知道在想些什么。

又过了片刻，周遭酒肆都掌了灯，墨色的湖面上亦有了倒影。

小二提了两个未拆封的酒坛子过来："沈大人，您的酒。"

沈逐收回思绪，站起来接过酒坛，从怀里掏出五两银子递过去。

小二谄媚地笑道："哎哟，咱们玉衡楼可万万不敢收您的钱呀。您能来就是给咱们脸了。使不得，使不得。"

沈逐还欲再给，突然响起一个醉醺醺的声音："沈逐沈大人现在可是南城府司的指挥使，监听百官，专理大狱，哪个敢不听话的、敢说皇上朝廷不好的，直抓入狱无须请旨。现在要给你酒钱,你一个小二……还……还敢不收?"

沈逐抬眼去看,段宝斋蹒跚地走过来,醉眼模糊。

"玉书。"沈逐喊了他一声。

段宝斋怪笑起来:"沈大人与我称兄道弟,我只觉心中惶恐,不敢相应。毕竟之前做了您兄弟的汤浩岚都死在御阶前了,不是吗?"

"他不遵太子令撰史,我不得已——"

"哼。"段宝斋走到他面前,直勾勾地看着他,"沈逐,以前你说在南城府司,不得不遵上级指令。我们兄弟几个都体恤你。瑞邈平日瞧你不惯,我与开霁常常劝慰他。可是你……你……你怎么能……"

他说到这里,声音沙哑,质问:"你怎么能投靠了赵戟,做这宵小之辈。连自己兄弟都起了杀心!这口人血喝起来快慰吗?"

沈逐听他质问,眉心渐渐紧蹙。

"段宝斋,我不是你。你是隶司尚署之子,衣食无忧,自小富贵,有些东西自然就是你们这些贵族公子的,不用争不用抢。你现在说我饮人血,你又何尝懂我的苦处。"

"苦处?"段宝斋笑了几声,问,"你的苦处能比得上被你割下头来示众的太子?能比得上全家死绝,被褫夺封号废为庶人,远在宁庆的赵渊?别人的命不是命,只有你的才是吗?沈逐,你的良心呢,喂狗了是不是!"

一番逼问,直抵沈逐内心,直让他狼狈不堪,几乎无法躲闪。

沈逐怒问:"你说我卑劣。你父亲段致临阵倒戈,拉了二三十个朝中清流下水,他喝的人血,难道比我少?"

已醉的段宝斋怔在当下,回忆起了他那个父亲——所谓的朝廷重臣,清流之中的中流砥柱,隶司尚署段致所做的一切。

他怔怔道:"他不是我父亲……我父亲不是这般的人……"

"他怎么不是你父亲。"沈逐说,"便是你如今生性再顽劣,再不求上进,你父亲依旧能靠着通天权势,在韩传军处为你谋得参将一职。你家大业大,仆役众多,不愁吃喝,打架、赌博、喝酒样样精通。你这般的混世魔王,却还有无数媒人为你说媒。如今因为你父亲在新帝面前得了信任,更让人对你礼敬三分。段宝斋,你生来就是段致之子,你流着他的血,用着他积攒的财富,还要靠着他官运亨通。你又比我干净几分?"

段宝斋面容逐渐扭曲,仿佛已经被击溃,过了好一会儿,他忽然哈哈大笑,如泣如诉。

"你说得对。我与你没什么不同。父业子承,父债子偿。你说得对,沈逐……我不过是个吸血的蠹虫……便是不愿意,也顺父意做了韩传军的参将。不过几日便要随他去亘州……韩传军杀了开霁父兄。我却要去给他做参将……我对不起开霁……我……我对不起他!"

说到此处,他大吼一声,将手中酒坛猛掷于地。

酒坛粉碎,浊酒四溅。

数年前少年在这玉衡楼前相遇,数年后青年时却已各自离散。兄弟情谊如这粉碎的酒坛,一团湿渍,成了滑稽的笑话。

段宝斋泪流满面,抬眼去看沈逐。

"自此以后,分道扬镳,不是兄弟。"

沈逐提了两坛子酒回家,入大门过轿厅,便见庭院中已有一着灰色大氅的人负手等候。

那人回头,两鬓斑白。

正是之前在谒陵之乱时被谢太初所救的监官司的提督太监严大龙。自回京后,他听了谢太初的话,于内廷和后宫对赵戟歌功颂德。

赵戟正是用人之际,如今随着大行皇帝宾天,赵戟已掌玉玺成了嗣皇帝,他亦得了恩典,荣升监官司的掌印太监一职。

沈逐见他到了,上前抱拳道:"让严监印久等。"

严大龙为人和蔼,笑了笑,回礼道:"不曾久等。新皇登基大典就在不久后,监官司里忙作一团,咱家也是刚抽开身过来,瞧沈大人院子里这梨花好看,也不过站了片刻。"

他瞥了一眼沈逐提的酒。

"沈大人去玉衡楼了?"

"听说严监印爱酒,便去打了两坛。"

"如今倒也不敢过量。"

二人寒暄几句,终于入了私密的内宅,关上门后,严大龙问:"你让我看的人呢?带上来。"

沈逐应了一声。

"将皇太孙赵浚抱出来。"

他说完这话,严大龙脸色已变,肃穆地瞧着里间的寝阁。

片刻后,便有一着道袍的年轻人垂首抱着一个十来岁的孩子过来，严大龙快步上前一看。

果真是在谒陵之乱中本该气绝而亡的皇太孙赵浚。

"太孙竟真活着。"严大龙声音发抖，"这……这是怎么回事？"

"先太子死后，皇太孙上前哭泣，又因肩头有伤，失血过多昏厥。那会儿情况错综复杂，我捏造死讯，后乘乱将太孙带了出来。"沈逐说，"只是皇太孙自那时起，便一直昏厥不醒。找过医生问诊，亦无好转。"

"好！好！活着便好！皇太孙吉人自有天相。这么大的灾都熬过去了，总能醒来的。"严大龙眼眶红了，仔细打量赵浚，哽咽着说，"沈大人，您这可是大功德一件啊。"

沈逐一怔。

谢太初的判词便在耳边响起——沈大人似有大功德又似有大劫难降身。大功德便是大劫难，大劫难亦是大功德。命中注定，避无可避。

严大龙又观皇太孙半晌，依依不舍地为他盖上被褥。

那抱着太孙之人便将太孙送回了内间。

严大龙坐下，擦了擦眼泪，感慨道："且好生安置皇太孙于你处，我再暗自请名医来看，会好起来的。一切都会好起来的。"

说话之间，刚才抱着皇太孙的仆役又出来，撩起衣摆匍匐跪在严大龙面前。

严大龙困惑。

"这是……"

"此乃乐安郡王身侧掌家管事，林奉安。"沈逐道，"我于延益寺外抓住他，后需有人照顾皇太孙，便把他私押回京，留在了我的府上。"

跪地之人开口道："奴婢林奉安，想要入监官司做个内侍，求严爷成全。"

他抬头看向严大龙。

果真是赵渊身边的奉安。

他比赵渊小了五六岁，本就有些孩子心性，大大咧咧。经了谒陵之乱，脸上还带着的婴儿肥消退了下去，不止如此，整个人都瘦了，与之前完全不一样了。他眼神恭顺，隐隐有两分凄绝，那些过往的天真烂漫都没了，倒多了几分内敛沉静。

严大龙仔细辨认半天，才想起这真的就是赵渊的奴仆。

他忍不住感慨一声："孩子，你要入宫作甚？"

"奴婢受肃王府恩惠，又被郡王宽待，有知遇之恩。如今肃王府遭难，我主赵渊于宁庆备受煎熬，生死未卜。思来想去，以奴婢微贱之躯，只有入宫，才有可能做些事情。万一未来，未来郡王用得上，或者太孙用得上。奴婢亦可报了这恩，不再做无用之人。"

"宫中全是吃人不吐骨头的怪物。"严大龙道，"如今我升了监印，与舒梁势同水火。跟在我身侧，凶险万分。"

"奴婢不怕。"林奉安道，"舒梁是赵戟的帮凶，亦是奴婢的仇人。"

严大龙沉默许久，最后他道："谒陵之乱时，凝善道长救我性命，我才有如今的地位。他与郡王结交，我于郡王之困自然义不容辞。你要入宫,我帮你。过几日我送户籍之书过来,说你是我远房亲戚,自阉入宫。届时便差人来接你。"

林奉安一喜:"多谢严爷!"

"不要叫严爷了。"

"那……那叫什么?"

严大龙说:"你今日便认我当干爹。"

林奉安听了此言,连叩三个响头,唤了一声:"干爹。"

阉人本就无后,严大龙听到这一声干爹,不觉有些触动,感慨地应了一声:"孩子,奉安二字你是不能再用了。林姓留着,人不可以忘本。干爹便给你取个名字吧,你二世为人,便叫严双林。从此以后,你我爷俩在宫中便是拴在一根绳子上的蚂蚱,荣辱与共,休戚相关。"

严大龙从沈逐府上出来,坐二人小轿径直入了宫,在监官司衙门换了身内官服,便踩着点去往毓心殿。

等他抵达毓心殿时,隶司尚署段致亦到。

"严监印。"

"隶司尚署来了。"

"是,嗣皇帝召见。"段致道,"过来等传。"

严大龙点点头:"那咱家先进去了?"

"您请。"

严大龙便先行入了毓心殿,正好赶上交班的时间。舒梁从东暖阁躬身退出来。

严大龙忙上前道："老祖宗，奴婢来了。"

舒梁已升监礼司监印，听他一声"老祖宗"叫出来，假意推却道："严爷是咱家长辈，一声老祖宗受之有愧。"

"您是太监首领，担当得起。"严大龙回他。

舒梁这才淡淡地点了点头："外面是谁？"

"隶司尚署段致。"

"哦……他宝贝他那儿子段宝斋，前几日非在皇上面前阿谀谄媚，求了去韩传军下面做参将。真是个便宜占尽的家伙。"舒梁倒没什么反应，走到门口从候着的宫人手中接过披风，系在肩头，这才说，"皇上跟前烦劳严爷好生伺候着。"

"奴婢省得。"

"若有什么事情，记得来监礼司通报一声。"舒梁叮嘱。

严大龙一笑："理当如此。"

待舒梁满意地走后，严大龙这才仔细整理衣冠，通传后入了东暖阁。

段致在抱厦下又等候一刻，便听见嗣皇帝传他入内。

待入暖阁行礼后段致抬首看过去。

如今换了衮龙服的赵戟，披麻戴孝，正坐在暖阁榻上，手里拿着本奏疏问他："段爱卿可还记得这个？"

段致定睛一看，已经吓得跪地叩首："是臣……臣霜降前……前提的《削藩统论》。"

赵戟一笑："段爱卿吞吐什么？"

"臣有罪！"

"爱卿平身。"

段致战战兢兢地起身站好，就听见赵戟说："父皇重病，朕于龙榻前侍疾时翻你这统论，字里行间，振聋发聩。夜不能寐，思来想去，只觉宗亲已成本朝痼疾，拖累我大端甚多，以至于国库空虚，民不聊生。"

段致听蒙了，怔怔地抬头看着这个曾经的宁王，如今大端的主人。

若不是因为先太子着急削藩，又怎么会有谒陵之乱。

若不是谒陵之乱，坐在这个位置上的又怎么会是赵戟？

"臣……臣斗胆问陛下，为何……为何……"

"为何旧事重提？"

"是……是。"

赵戟一笑："段爱卿糊涂了，这不是你的原话吗？"

"臣……臣何时说过什么话？"

"国家方略，因地制宜，因时制宜。当时要削藩，现在不一定要削藩。过往之事，过往议。"赵戟将那日御门听政时段致无耻的言论又拿出来说了一次，微微一笑，"彼一时，此一时。如今大行皇帝宾天，藩王手握重兵，又广积粮食，乃成一国威胁。亦是朕心头之患。"

他顿了顿，宣布道："朕，决意削藩。"

宁庆镇，进宝斋后宅。

谢太初浏览了近一个月自各地送过来的情报，尤其以应天府居多。

他边看边凝眉肃穆。

陆九万瞧他模样，递了杯茶过来："年纪轻轻便老气横秋。"

谢太初觉得自己手里那杯茶实在烫手，终于是捧不下去了，放在了桌上。

"师叔想说什么？"

"无情道被破了之后，我瞧你表情生动多了。"陆九万说，"虽然还是整日老成稳重，但是有了些人情味，倒是比之前修炼无量功法的时候有趣。"

谢太初怔了怔："被师叔一说，仔细想来，似乎正是如此。"

"所以我给你的金丹，你没有服用。"陆九万道。

"还不曾……我再斟酌一二。"

"斟酌什么？命不重要吗？"

"只是再等等。"他说。

陆九万暗叹一声，遂问："这些情报你怎么看？"

"大行皇帝宾天，赵戟必定动了手脚，此时说不清。"谢太初说，"然而接下来他要做的，定是重提削藩一事。他自藩王起势，决不允许还有人走他的老路。"

谢太初抬指从杯里蘸了些茶水，在桌上勾勒出大端北边一线，又指点道："边塞九王，辽王年幼没有威胁，秦王未封可以不提。肃王被斩首后，首当其冲的乃距离应天府最近的三个藩地，离府谷王、大通代王、西原晋王。赵戟必定已下旨，先废这三地藩王，再议其他。"

陆九万表情凝重，起身拿过一个新的信封递给谢太初："你说得没错。这是今日刚收到的急报。"

谢太初打开来一看，表情亦凝重起来。

"离府谷王养于应天府的次子，窥探世子之位久已，于总仁府击鼓鸣冤，状告谷王赵毅与代王赵桂密谋逆反。离府、大通两地巡司韩传军已将两王拿下，扭送应天府治罪。"

"这是有人唆使，故意构陷。"谢太初道，"还有呢？"

"另有圣旨送往西原，晋王赵玺于十日前被废，西原遣兵卫黟亦接旨扭送赵玺于昆南圈禁。"

"还有庆王。"

"庆王胸无大志，只喜享乐。便不算是威胁。"陆九万说，"你可有后手？"

"我于谒陵中曾有意对一些人施以援手，种下心思。"谢太初道，"未来在应天府，便能引起涟漪。"

谢太初再看桌上他刚用茶水画出的北边之地，已经逐渐消失，唯有最西边的拢州之地尚在，但也迅速地干涸，转眼消失在了桌上。

拢州福王成众矢之的。

"赵戟掌权便如此急不可耐，很快寰宇之内便没有对手。他最多只需一年，甚至只要半年，若根基稳固，你若想为赵渊逆天改命，便绝无可能。"陆九万又道。

"不会的。"他回答。

谢太初站起来，负手踱步到院内站定。

漫天星光璀璨,十二宫中,二十八星宿为天空最亮之星辰。

正中头顶的紫微星,已坐命宫之中,周围十二宫群星拱卫,成帝王之气。

"倾星阁,乱世出,必辅佐一人,此人可定天下。"

这是曾经无数孩童满街谣传的一句话,听起来更像是一句滑稽的笑叹。

可是陆九万没有笑:"你真的确定了?"

谢太初应了一声"是"。他道:"这本就是倾星阁存在的意义。于乱世之中,拨乱反正,力挽狂澜,救天下苍生,亦救大端气运。"

"宁王命定。"

"而赵渊……可定天下。"他道。

35

"鞑娄人有小队骑兵,已经在宁庆后卫的边墙外出现。"步项明在进宝斋后宅的书斋里,指着沙盘道。

"自东往西,马花池、长城关外、边安营,还有池天堡都陆续瞧见了数十支莫南的蛮子的队伍,零零散散的。"他说到这里摇了摇头,"这些军情都是两三日前的了……蛮子这次从哪里来,真难讲。"

陆九万从前厅拿了两坛子酒进来,给谢太初与步项明递过去。谢太初不喝,步项明倒是拿起来就闷了一口。

"阚将军和谢道长,你们怎么看?"

"边墙周遭百姓惶恐不安。自过年前,便是这么个情况,拢州也是。守备军队亦全员警惕,人困马乏。再这样下去,边墙怕是不战自溃。"阚玉凤道。

谢太初仔细观察沙盘,过了一会儿,指着沙盘东北角道:"我倒觉得应琢磨鞑娄此战之原因。图默特部首领奄答跟随赤古大汗博地阿东征西战,立下汗马功劳。后大汗封其为梭多汗,于是奄答称汗。自此,奄答汗成为赤古右翼三万户背后之领主,殷山以南,自此东西千里,如今都是图默特部称雄。其余鞑娄各部不可与之匹敌。甚至,我大端还封奄答为义顺王以加安抚。"

"这已经是三十多年前的事情了。"步项明道。

"正是因为年代久远,奄答如今年迈,对图默特部的控制已经不足,又在拢肃遭到韦刺的压迫,汗权日弱。难免有些人有了别的心思。"谢太初说,"莫南乃也兴的疆域,也兴是吉默的儿子,而吉默则是奄答的哥哥……"

谢太初这么一说,步项明便猛然醒悟:"你是说……"

"对于草原上的民族来说,只有铁骑到达的地方,才是让他们获得强盛与财富之地。"谢太初道,"也兴要对付奄答,只有把眼光投向最肥美的塞上江南了。"

其余众人听了深以为然。

"这一仗肯定要打,就是从哪里打的问题。"

"走东边，长城关是最平坦的地方。骑兵可展开大规模快速作战。"步项明道，"上次劫掠也是走的毛卜堡，也是这个方向。"

"贺山可能性不大，山高林密，关隘险峻，背后就是拢州。他们不可能走贺山，腹背受敌得不偿失。我也觉得是长城关。"

步项明点头："阚将军说得对。我手里可调遣之兵力，前、中、后三卫，一共有一万五，骑兵两千。向长城关进发，直接在长城关口拦截，将他们堵在边墙以外。"

"阚将军，你们勇州一战俘虏的人马有多少？"

"贺山外俘虏了蛮子一千，马匹不足一千五。都穿过黄霞口，送来了宁庆。那一千个人现在被关在民房所里。一千匹马分散在了前卫各堡，其中章亮堡和信常堡的最多，毕竟有马苑寺在，所以加起来有一千匹马。"

"鞑娄有来赎人的意思吗？"谢太初问步项明。

"五日前刚……"步项明眉头紧皱，"你的意思是，他们故意输了，先入了宁庆，潜伏下来，打算里应外合！"

"是。"

步项明仔细去看沙盘，攥紧了拳头捶了一下："他们打算从北边宁北关过来！"

"怕是已经有些迟了。"

"什么意思？"

"今天是巡司寿辰，有许多想要阿谀奉承之徒从关隘私下回宁庆镇。"谢太初叹息一声，"恐怕鞑娄人也在等今夜。"

正说着，陆九万着华服出来，整理了一下问："步将军，寿宴即将开席，你与我同去吗？"

"去什么去！"步项明怒道，"鞑娄人都要到眼皮子底下了！还有那个金吾！昏庸无能，杀我家仆，欺我太甚！克扣军饷，不下军令。这次若宁庆保得住还好，若保不住，我一定上本子参他，非办他个延误军情的大罪不可！"

他来回踱步，最后抓起披风，疾道："我这便去大营部署兵马！决不能让蛮子劫掠我宁庆边陲！"

步项明火急火燎地去了。

陆九万眼瞅着步项明离去，只好说："阚将军，您在这西北也是英雄一个，要不您跟我——"

谢太初问："阚将军。你带着的两千亲卫军如今在哪里？"

"百亭海附近。"阚玉凤连忙回答。

"下急令让他们连夜赶往宁庆镇吧。战乱一起，便需人马保殿下周全。"

"末将明白了，这便去。"阚玉凤抬脚就走了。

陆九万手里捧着一只琉璃匣子，里面是根灵芝，呆了半晌，回头看谢太初："你不能去。朝廷正在找你，你去了就暴露于众人之前了，那赵渊还怎么在宁庆待下去。"

谢太初道："我换身衣服，做陆老板身边杂役便是。"

"哪里有你这样人高马大的杂役……绝对不行！"

赵渊今日早早便被金吾府上的侍女们唤醒，沐浴更衣，又重新梳洗。

一身水色竹纹道服外着以浅灰色云纹长比甲，头戴玉冠，外着纽丝翼善冠，半透明的翼善冠显得他眉目疏朗，俊美温润。衣物熏了玉簪香，袖口上是繁复的吉祥如意瓶的金丝绣。

他怀中又被塞入了一个暖手炉，那手炉沉甸甸的，裹了一层雪狐皮抓着不觉得烫，绵软的温暖让他感到怀里恰到好处的舒适。

又有人推了一精致的楠木轮椅过来。

两个侍女欲过来抬他，却被陶少川支开："我来。"

说完这话，陶少川帮他坐在了轮椅上。那轮椅两侧没有扶手，他无法自行驱动这轮椅，只能等到侍女推着他于落地镜前查看。

"庶人可满意？"侍女问他。

赵渊仔细打量自己：养尊处优，珠光宝气。

侍女送他出院落，黑色马车已停在门房外，他被陶少川托着上了马车，金吾已在车内。

他瞥了陶少川一眼，陶少川没有表情，遂放下心来，任由他关了车门。

金吾瞧见他，眼里亦有两分惊艳。

"我不知原来庶人是这般风采。"他道，"想必当初在京城时更意气风发吧，可惜被磋磨了……"

赵渊垂下眼帘道："走吧。莫让巡司大人等急了。"

待陶少川等人一并坐在车后，这黑色马车才缓缓离开了金吾的府邸，去往巡司大人的衙门内院。

36

娄震来宁庆后，金吾便送了他一处郊区别院，高门深院，很是气派。大行皇帝宾天，不好在衙门内大办寿宴，娄震也曾推却再三，便被金吾挪到了这里。

今晚院内各处掌了寿字灯笼，门外车水马龙，热闹非凡。等进宝斋的马车到时，里外已经满满当当都是来客。

陆九万一下马车，走到大门里，娄震的掌家总管便迎了出来，浅浅作揖道："哟，陆老板可算是来了，烦劳大驾了呀。"

"来迟了来迟了，您且见谅。"他笑着抱拳，又握了握总管的手，那总管手心就被塞了一锭银子。

总管依旧冷着脸，捏着那银子倒没再冷嘲热讽，只道："您跟我走吧，里面预留了您的位置。"

他一抬头，便瞧见跟在陆九万身后高大沉默的人，正捧着个沉甸甸的匣子。之前陆九万一直站着没动，便没注意到这人，这会儿一走动起来，此人就有些显眼了。

"这位是……"

"我新请的武师。"陆九万笑着说。

"哦……身手应该挺不错的……"掌家敷衍了两句，便带着他们往里走。

今日来巡司院子的人确实不少,后院、偏院还有露天场子里,都是些流水席。还有仆役搬了桌子支起来,便又有人逮着机会坐下。

那些人个个身着华服,便不似普通人家。

"今儿来了好几百号人,多有不在嘉宾名单上的……送了贺礼来。"总管依旧冰冷着脸,瞥了他一眼,"要我说,这些不三不四的人孝敬那仨瓜俩枣儿的,咱们也瞧不上啊。别说跟娄大人喝杯酒,就算是痴心妄想看一眼娄大人都是不配的。可是……咱们娄大人说不能寒了一方百姓的心。便把这些人都迎在外面了。"

"娄大人孝廉贤良,爱民如子。"陆九万奉承。

"娄大人几次问起进宝斋的生意还好不好,有没有因为战乱受了灾。"总管瞥了在后面点头哈腰的陆九万一眼,慢吞吞地说。

"没料到娄大人还惦记咱呢。陆某感动不已!"陆九万真情实感地说着,末了还擦了擦湿润的眼角,"今儿个晚上定要好好敬娄大人几杯酒。"

说话间便已到前院门廊下。

他说着从身后一直沉默的谢太初手上拿起那个匣子,递给了等着收寿礼的账房,笑着对总管道:"不过请娄大人放心,有他的照顾,有金公公的照顾,进宝斋的生意稳妥得很。"

陆九万轻轻拍了拍箱子。

声音沉闷,应是装了重物。

掌司总管的脸上终于挤出了一丝笑意:"您跟我来吧,在末席给您安排了位置。"

"多谢总管!"

前院里外摆了五十桌,又请了天州最好的戏班子登台唱戏。

陆九万被引到末席的偏位上,他坐下后,瞧着戏班子唱戏,擦了擦汗。

"师叔辛苦了。"谢太初在他身后道。

陆九万叹了口气:"讨生活不易,这都是常态。不差你这一句'辛苦'。"

"是。"

二人说到这里,末席旁边便有其他人被引了进来,都是些宁庆的商贾,大家寒暄一阵子,便听见一个商人道:"听说京城有个郡王,被圈禁在宁庆镇了,是吗?"

"什么郡王,是个庶人。"另外一个人凉薄道,"以前肃王的二子。肃王这不是死了吗?他侥幸逃过一劫,郡王封号被褫夺了。只是个庶人……比咱们都不如。"

"没被赶出宗庙就还是赵氏子孙,庶人也是天潢贵胄。怎么就比咱们不如了?"

"这世道五斗米能让人折腰。"先前那人道,"我听金公公府上人说,金公公要把庶人送给娄震当寿礼呢。娄大人喜好对弈,咱们又不是不知……"

陆九万瞥了眼谢太初,瞧他面无表情,更觉得不安起来。

"你瞧,金吾身边那个,正席上坐轮椅的,是不是就是他?"

谢太初去看,正对着戏台子那桌的正席上,娄震与金吾正入席而谈,赵渊则坐在金吾左下手。

华冠丽服之下，他便有了郡王的尊容气质。

"我听闻郡王爷在京城时有两大喜好，一好棋二好酒。便特地备了这莫北来的红葡萄酒。"

娄震五十多岁，面容看起来和善儒雅，只是眼角下垂，乍一看多了几分虚伪的神气。赵渊自被推过来，坐在金吾身侧，娄震的视线就没离开过他。一双目光在他身上来回扫视，让人极其不舒服。

此时娄震发话，他便应了一声取了桌上那个琉璃杯，里面是满满一杯玫瑰红的葡萄酒。

他呷了一口。微酸甜的酒香在唇齿间四溢。

"好酒。"他道。

娄震笑眯眯地点点头，和蔼道："既然是好酒，便都饮了吧。"

赵渊低头看那只不算小的琉璃杯，半晌道："多谢娄大人。"

葡萄酒度数不算高，可这样一杯猛灌，那酒意还是升腾起来了。

说完这话，他将杯中之酒一饮而尽，刚放下杯子，便又听娄震道："郡王好酒量。郡王爷既然好酒，便多饮几杯。"

赵渊一怔。

"娄大人的话，郡王难道没听见？"金吾问他。

已有人又为他斟满酒杯，赵渊笑了笑："自然是听到了。"

说完他又一次举杯饮尽。

此时梆子声一响，大幕拉开，戏台子上名角儿入场，生旦净末丑便纷至沓来，唱起了一出好戏。

那声调时而委婉悠扬，时而凄绝哀伤，时而慷慨激昂，无数人走到院外，都要驻足聆听。瞧见那些个从深门大院里透出的光亮，也要忍不住畅想这屋子里到底是一派什么样的春意盎然。

院子内觥筹交错，终于有些肆无忌惮起来。戏班子里那些个年轻的徒弟们，穿着行头，从两侧出来，于席间纷纷落座，又不知道何时已脱了外衫，醉醺醺地行酒令。

赵渊一杯接一杯地喝。娄震不喊停，他便不能停。

金吾不知道什么时候撤到一侧去饮茶了，娄震仔细瞧赵渊喝酒的模样，刚才还算和蔼的眼神，如今都是轻慢。

"当年郡王爷不是孤傲得很吗？臣只求一手谈，竟然遭拒。"娄震在他耳边问。

赵渊眼前已模糊，听他这话，自嘲一笑："当年是当年，今日是今日。今日哪里还有什么乐安郡王，可娄大人已是封疆大吏。我身份微贱，有幸与娄大人同席已是殊荣万分了。"

他又饮一杯："比如今日，大人让渊饮酒，渊便不敢不饮。"

娄震听他的话，未饮已醉，只觉得面前这个谦卑到极致的昔日郡王，这个没被驯服过的赵氏王孙匍匐在自己面前，似乎能被随意宰割驱使。

"是吗？"娄震冷笑，"一是酒，二是棋。郡王—全我曾经的念想如何？"

"大人要与我手谈？"赵渊问。

"是。"

"渊莫敢不从。"赵渊说。

"只是无棋。"娄震唏嘘。

"这有何难？"金吾从廖逸心手中接过茶来品了一口，凉薄道，"我瞧郡王爷内里这件水色道服甚是不错，便请郡王脱下来，娄大人在上面画上纵横十九线，不就成棋盘了吗？"

娄震一听，哈哈大笑："金公公果然雅致，好好好。"

娄震此言声音不小，更似故意羞辱赵渊。整个前院众人便都听见了这话。

谢太初脸色阴沉，已要上前，被陆九万一把抓住手腕，斥道："你要作甚！"

"先圣垂衣裳而天下治，遂有华夏礼仪之邦。衣冠为礼，无衣冠与畜生何异？赵渊这般的宗族子弟，尊礼甚重。这般的羞辱便如让他赤身裸体行走于众人之中。"

"娄震府内私兵五千，金吾还有五千私兵。"陆九万皱眉低声道，"你就算意气用事，也带不走赵渊！忍着。"

谢太初只觉得攥紧了拳头，忍了好一会儿，才将那些阴暗的想法压下去。

陆九万刚要松口气，就听见谢太初道："少川也不在，再待时机。"

"你可不要冲动啊！我跟你讲，进宝斋的生意要被你毁于一旦，倾星阁就要吃糠咽菜了……"

这一次谢太初没有接他的话，他盯着娄震，只觉得体内怒气翻涌，又有了嗜血杀人的冲动。

娄震不知这般的危机与自己擦肩而过，还笑道："脱呀，郡王愣着作甚？"

赵渊脸上的微醺红晕消退了下去，脸色有些惨白。

"或者我唤人来为郡王爷脱衣？那就不好看了。"金吾在一旁冷冷怂恿。

然而要让他们失望了。

赵渊并没有失态，抬手解开了比甲上的搭扣，脱下比甲，又解开自己腰间的宫绦，扔在地上，那玄色宫绦上有两块价值连城的翡翠玉坠，落在地上清脆一响，碎成一地。

水色道服松开来。

"来人为我更衣。"他对金吾道，像是在郡王府上召唤下人。

金吾眼神冷了一些，抬抬手指，便有侍女上前搀扶他，为他脱下道服。他着白色贴里坐在轮椅中。

寒风冰冷，天空忽然飘雪。

周遭的人用一种恶意嘲讽的眼神打量着他。

这让他想起了地灵山的那个夜晚，想起了命运颠覆的开始——他们以为除他衣冠已经是羞辱了。可这般的狼狈和羞辱，不止一次，不止一时。

所谓衣冠，所谓礼仪，成了这场灾难中最微不足道的东西。

没有人在乎。

他来不及在乎，已有人准备了笔墨，娄震提笔便画。

此时，廖逸心接到了什么消息，凑到金吾耳边说了几句。

金吾脸色变了："你说什么？"

"千真万确。是宁北关的守备太监逃……"

金吾已经陡然站起来,他抓起身侧那杯茶,递到赵渊面前,不容拒绝道:"喝掉。"

这一次他来不及以任何方式掩饰他的凶残。

赵渊沉默片刻,将那茶水一饮而尽。

金吾冷笑了一声,对娄震道:"大人,边墙紧急军报,咱家得先走一步了。"

"军报?严重吗?"

"再严重难道能耽误了大人寿辰不成。万事有咱家,您且放心。"他安抚道,又瞥了眼赵渊,"郡王爷今儿晚上无处可去,又喝了酒,还请大人多多照顾。明日送还便可。"

娄震一点便透,笑道:"本官明白,一定好生招待郡王爷。"

金吾便走了。

娄震所谓的手谈便也懒得再继续了,说了声不胜酒力便让人推着赵渊离开。

宴席还在继续,谢太初对陆九万道:"师叔先回去吧。"

"啊?你要干什么?"

"那茶有问题。"谢太初说,"不能让殿下留在此地。"

不等陆九万反应,谢太初便已悄然隐匿在了进进出出送菜的仆役中。

推赵渊入后面主院暖阁的仆役轻车熟路,一路上走得极慢,便是陶少川也被拦在了院子之外。

赵渊起初身上燥热,还以为是多喝了几杯葡萄酒的缘故,然而待入院之后,便觉得有些不对劲。

那种燥热是由内而外的身体反应,他甚至无法维持仪态捂住胸口急促喘息。待抵达床边时,已让他手软脚软。

"茶……茶里有什么……"他虚弱地问,眼神模糊。

"庶人怕是醉了。"仆役道,"您刚才喝的是酒,哪里有茶?"

仆役将他放到床榻上,赵渊深陷被褥中,竟然连力气都没了,嘴里说了两句放开,便什么都不知道了。

很快娄震便进了屋子,走到拔步床边。

忽然大风起,紧闭的暖阁大门猛然被震得四分五裂。连带着娄震也摔在了地上。

他头破血流,站起来怒骂:"什么贼人——"

话音未落,便瞧见谢太初站在门口,他刚才那一掌已含暴怒之意,如今发带断裂,头发披散在身后,着一身黑衣,面色阴暗,戾气外泄。

谢太初缓缓入内,从榻上扫过,眼珠子一动,抬眼去看娄震。

还未说出一字,娄震已经肝胆俱碎,瘫在地上颤抖道:"我……我……与我无关!是金吾下的药!我一个手指都没有伤害他——凝善真人饶命!饶命!"

谢太初眼中隐有风雷酝酿,只往前走了两步,娄震便仿佛被钳住了喉咙,一个字也说不出来。

陶少川从外面赶入时,便见娄震被谢太初掐到无法呼吸,脸色已经铁青。

"道长!"少川唤他。

眼瞅娄震便要命丧在谢太初手中,榻上的赵渊在迷茫中唤了一声:"道长。"

那声音微弱,可谢太初却已经在一瞬间恢复了理智,收了浑身戾气,一扬手,便将娄震扔了出去。

"带他出院。"谢太初头也不回地对陶少川说。

陶少川见他如此,哪里敢多言,提着娄震的衣领便拖了出去。

谢太初回头去瞧赵渊。

他一凑过去,赵渊便握住了他的手臂。

37

"也兴带着两万人的队伍,前夜便越过了宁北关,入关后,几乎没有受到阻拦,势如破竹,向北而来。预计明日午前便能抵达宁庆镇。"

步项明在军中帐内道。

"两万人马自宁北关而来,为何不早些来报!"金吾脸色苍白,冷汗直流,怒斥跪在地上的宁北关守备太监。

那守备太监浑身颤抖,以头抢地:"干爹,儿子有罪、儿子有罪!也兴等人自称是入关纳贡的队伍,入关又说要赎回俘虏,拿出来好几箱银子,没料到俘虏送到了宁北关,他们便一起反了。那……那两万大军怎么来的……儿子也没瞧着啊!"

金吾气急，拍桌子道："来人！给我拖出去斩首示众！"

"干爹饶命！饶命啊——"那守备太监早被两侧等候的士兵抓了拖下去，二话没说便砍了脑袋，挂在了门外的旗杆上。

步项明冷眼旁观这一通闹剧，待消停了继续呈报军情："这两万人马中，有三千骑兵，其中有一千人是也兴的亲卫军，便是在莫南也算得上是骁勇之士。如今大破宁北关，正是士气旺盛之时。我已急令朔镇、广洪、垚福三地就地拦截。但是情况不容乐观。"

"两万人马……"金吾问，"也兴想干什么？"

"督军大人应该知道，奄答老了，他已经管不住莫北、莫南这两千多里的草原。他下面十个儿子，还有他的兄弟吉默都想乘机夺权。也兴是吉默的儿子，自然也是这么想的。"

"咱家……咱家自然知道也兴有这般的想法。不然之前又怎么会跟他们通市！"金吾道。

"图默特部的首领都跃跃欲试，缺兵器的买兵器，缺粮食的买粮食……可若没有了钱，逼急的狗也要跳墙。"步项明说，"也兴做出疯狂之举，也不足为奇。"

"疯狂之举？有多疯狂？"

步项明抬手点了点天州："也兴调动两万人马，定要对宁庆境内大肆劫掠，不光是粮食，人、马、钱财他都不会放过。宁庆镇身后的天州，绝对是他的目标。"

"拿下天州，杀了庆王。整个宁庆就尽数纳入鞑娄的版图，他扎根宁庆，再回头与图默特部的人夺位，胜算更大。"

"天州?"

金吾脸色更加苍白了,他指尖都在抖,声音变得又尖又急:"天州城破,宁庆落入贼人之手,步项明你贻误战机,这便是死罪!"

步项明脸色沉了下来。

"腊月时,我便与督军大人提及过鞑娄的异动。督军大人不予理会。"步项明道,"鞑娄劫掠,宁庆镇周遭可调兵不过千人!马匹四百!马苑寺中制作的十万箭羽不见踪迹。便是如此,我等宁庆汉子还是把鞑娄人赶出边墙。

"立春以来,鞑娄野心更盛,我昨日求大人调拨前后卫军队粮草。大人说我谎报军情,杀我仆役羞辱我。大人可有话说!"步项明质问,"没错,若宁庆陷落,我未尽守土之责该死。金公公您不该死吗?巡司大人不该死吗?"

"步项明你——"

"金公公,意气之争可往后挪一挪了。"步项明略微收敛气息,抬手指帐外,"这宁庆,还有千百万人,不应受这战乱的折磨。唯有宁庆存,公公可存,我等可存。"

金吾知步项明所言无误,冷脸拿出随身携带的兵符,放在桌上。

步项明抱拳:"多谢督军大人。"

他拿过那兵符,便不再理睬金吾,帐内参将们按照军情细节开始排兵布阵,加紧调拨人手,筹备防线拦截。

金吾脸色并不算好,勉强挤出个笑来,对廖逸心道:"我们走。"

一行人出了军中大帐,上了马车。然而金吾一直心神不宁,回了宅邸只觉得不安更盛。

他在堂屋里踱步。廖逸心端了茶进来，细声细语道："金爷，便少安毋躁吧，还不曾到无法挽回的地步。"

"你真信了步项明的话？"金吾反问他，"你真以为宁庆保得住吗？你以为咱家的命保得住吗？"

廖逸心怔了怔："您为皇上登基算是立下了汗马功劳，老祖宗更是对您青眼有加。若万一宁庆没了，不是还有老祖宗吗？"

"老祖宗……"金吾冷笑一声，"大行皇帝新丧，万岁爷怎么会容忍有人在北面给他捅下如此大的窟窿。就算是舒梁愿意去求情，万岁爷愿意放过咱家吗？更何况……咱们贩卖的那些个武器粮食所得的银子，又有大半入了舒梁私库。宁庆的事情一旦起来，舒梁不着急封口便算好了，还怎么可能为我求情？"

"啊……这……这如何是好……"廖逸心惶惶地问。

金吾咬牙切齿："大家都想我死……我死了，鞑娄进犯有了交代，贪墨国帑有了着落，还有皇帝也树了威仪。"

他本已恐惧之极，这一刻忽然平静了下来。

"炸堤。"他道。

"什么？"

"炸黄河大堤。"金吾眼神疯狂，可语气却平静笃定，"已经是这般的情景，一不做二不休，炸了黄河大堤。步项明不是一直想上本参我吗？他若淹死了，还怎么参我？"

"可炸了黄河大堤，宁庆镇墙高死不了人，那周遭的村子堡子的定要死绝。这……这要死多少人啊。"

金吾冷笑一声："你说说，到底哪个对咱大端朝更重要……是我在宁庆大溃鞑娄也兴呢，还是淹死几个名字都没有的贱民？"

"一将功成万骨枯。淹了两万蛮子，便能扫平也兴部，乘胜追击，拿下莫南，上报朝廷便是大功一件！那时候皇帝会在乎淹掉的村子？"金吾又问他，"也兴在此战死。陛下会怎么封赏咱们？老祖宗又怎么看待咱们？"

廖逸心已然心动，道："还请您吩咐。"

"你带些人马现在就去章亮堡找张一千。"金吾取下牙牌交给廖逸心，"前些日子黄河凌汛，备了炸药。你让张一千立即开门取炸药，炸了黄河大堤！"

廖逸心应了声是，走出去两步又折返问："鞑娄人来得急，若炸一次不成呢？"

金吾思考片刻："有道理。我随你同去，实在不行，再炸一次。不愁鞑娄人不灭。"

说完这话他已披上大氅对廖逸心道："走吧，事不宜迟，我们速速动身。"

不知过了多久，赵渊醒来，他身着中衣，披着大氅，站在破碎的门边，正看向东方的朝霞。

谢太初从院外走来，赵渊瞧他，眼眶还红着。

赵渊勉强笑了笑："多谢真人救我。"

"殿下可还好？"

赵渊摇了摇头，又往大门外看去。

"殿下看什么?"

"我……其实对娄震尚心存幻想。他是术阁左辅耿振国的门生,清流党人士,年轻时还曾撰写过批评时政的檄文,被皇爷爷看重。这才成了东安都行司的巡司,当了封疆大吏。"赵渊道,"可你看他家的围墙多高啊,他哪里还看得到民生,听得见民哀?"

"不止是娄震……我被囚禁宁庆,所见莫不如此。位高权重者无人心怀怜悯,当官为吏者恨不得吸髓敲骨。百姓死生可不计,在他们眼中不过蝼蚁。"赵渊摇头,"这样的地方竟然叫塞上江南。这样的塞上江南,我大端之内还有多少?"

"这已算是平和日子中的幸地。若遇战乱灾荒,惨烈之状不足描述一二。"谢太初道。

"我不明白,这是为何?"

谢太初刚要再答,就见陶少川推门冲了进来。

"鞑娄人来了,从宁北关!"他道,"凤哥把亲军从百亭海带过了贺山。"

说完这句,还不等二人反应,他急道:"廖逸心领了金吾令,带张一千准备炸了黄河大堤,淹了宁庆四十七堡——"

他话音未落,只听一声巨响。

陶少川脸色已变:"迟了!"

38

  章亮堡距宁庆镇二十里,片刻前众人还在向村口集结。
  狄边平正在点马,分发武器。
  天色未明。
  马苑寺内除了马匹嘶鸣的声音,便只有狄边平报数之声。村子里的男人们穿好了棉甲列队等候。
  上一次劫掠战后,许多人的伤口刚结痂,又有不曾回来的,只有十几岁的儿子穿着父亲的衣服来领武器与马匹。
  "叁壹……叁贰……"狄边平将手中的十支箭递过去,抬头一看,大怒,"你来干什么!"
  狄英穿着她父亲那身皮甲,铠甲十分宽大,头上的皮胄更是把她半张脸盖住了,显得滑稽可笑。
  "我替爷去。"她说。
  "你一个十几岁大的女娃知道这是要去做什么吗?"狄边平气得白胡子直抖,"赶紧滚回家。"
  "我知道。我替爷去。"狄英说。
  "这是上战场,是要死人的,是男人的事。你一个闺女,好好活着,你爷指望你未来找个好人家,平平安安哩。"身后有乡亲劝她,"英子回去吧。"

"上战场，杀蛮子，只是男人的事吗？"狄英问，"我娘在村子里，还不是让蛮子杀了。我听说蛮子破了宁北关，从北边来了，无遮无拦的，这次女人能幸免吗？"

男人语塞。

狄边平气坏了："总之你给我滚回家！"

正说着，一声巨响传来，片刻便已感觉地动山摇。众人正感到惊惧，便瞧有人从村口跑回来，喊道："黄河决堤了！黄河决堤了！水往咱们村涌来了！"

"黄河好端端的怎么决堤了？"有人问。

此时马苑寺内已经乱了起来，有人喊了一声："家里还有老人孩子！"

所有人便拥挤着从马苑寺往村里挤。

"监军太监刚带着张一千拿了火药走。"狄边平脸色难看至极，"英子，快去城楼给你张二叔传话，让他马上拉吊桥！把大门关了！大家不要乱！村子外面有壕沟！还能挡一阵子！先回家救人！"

狄英答应了一声，脱了皮胄便往城门跑。

等她到城门的时候，远处第一波洪水已经到了城门外的壕沟，浪不大，吊桥起了，城门关了。

"二叔！"狄英喊。

张老二正带着人装沙袋，往城门上垒。

"老狄让你来的？"他边扛沙袋边问。

"是！爷让您这边注意着，黄河大堤决口了。"

"什么决口，张一千那个禽兽炸的！咱们的人在大堤上亲眼见他带着人塞炸药。"说话间，水已经灌满了壕沟，从城门缝里往堡里渗。

"你赶紧回去告诉你爷，让各家的什么都别要了，钱财细软能扔的都扔，能动弹的都往高处走！往西走，那边那个矮子丘，上去了能活！"

"不是没多大水吗？"狄英问。

张老二急了："你糊涂，大堤在十里外，浪还没过来。况且大堤坚固，炸一次口子炸不开，还有一次！再来一次，整个宁庆前卫就彻底完了！"

他话音未落，就听见城门上有哨兵喊了一声："浪来了！"

张老二一拍狄英的肩膀，把她往城里推，吼了一声："快去！"

狄英不敢再耽搁，拔腿就跑。

张老二声嘶力竭："哥儿几个顶住了啊！这波浪最大，扛过去了就能喘口气儿！"

身后巨浪的声音越来越大，越来越大，到最后只觉得震耳欲聋，不只是耳朵痛，地动山摇，所有的人都在颤抖。

狄英一个趔趄，摔倒在地。

她急促喘息着爬起来，忍不住回头去看。

骇人的景象让人几乎无法再迈开双腿。

章亮堡的城墙是夯土墙，高不过一丈半，可远处的浪足高三丈。原本清澈的黄河水如今变得浑浊泥泞，像是一头张大了嘴的怪物，急速喷涌而来。

它在怒吼，猛烈冲上了夯土墙，拉成一条线，从东侧城墙一下子翻了过来，将城头的哨兵吞噬。

城门洞子里的张老二与其他几个人，用麻绳拴着腰，死死抵住那城门。巨浪扑面而来，瞬间所有人消失在了泥泞中。

这还没有结束。

翻过城头的洪水极速冲入了街道，无情地推倒了低矮的茅草屋。这些低矮的房子丝毫不能阻止它的步伐，它直接冲过来，向着狄英冲过来。

就在这千钧一发之际，有急促的马蹄声传来，还不等狄英反应，已经有人一把钳住她的肩膀将她拽上了马背，迅速地落入了一个人的怀抱。

她抬头一看。

谢太初与赵渊共骑一马，紧紧抱着她。

"哥！"她喊了一声。

"哥在。"

赵渊应了一声，嘴唇抿紧，表情严肃。大黑马一个急停，抬腿冲着洪水嘶鸣，接着转身便往西去。

洪水紧咬着它，不肯放松，每一瞬都妄图拽住他们，然而大黑马拖着两个半人，速度竟比洪水还快上几分，箭一般地往西边冲去。

不只是大黑马，沿途有更多搭救了村民的马队聚拢，一路向着矮子丘而去。在洪水的逼迫下，便是马匹也爆发出了前所未有的速度，数百支马队带着人冲上了矮子丘。

勒马回头去看，那大浪拍上了矮子丘，又被迫分开朝着两侧奔涌。狄边平被阚玉凤救下，已经踉跄跑过来，抖着手抱着狄英，对赵渊跪地道："多谢郡王爷！多谢郡王爷！"

狄家算是幸运的，章亮堡的大浪退去，村子面目全非，全在泥污浑水之中。有来不及逃难的村民，尸体多半也掩在泥中。

矮子丘上有数百人，有人跪倒在地痛哭起来："娘啊——"接着哭声成了一片。哭爹喊娘，呼唤儿孙。

惨状不能一一描述。

那悲恸的哭泣声，像是成了一首哀乐，竟似与曾经谒陵之乱中的惨叫声混在一处，一刻不停地直敲赵渊的心房。

赵渊回神："凤哥！将人数清点一下来报。"

阚玉凤领命，清点完人数，过来回道："郡王，救出八十一个人，我们自己的兄弟折损三个人。然后村民里还带出一个人——"

他一挥手，陶少川就拽着一个人把他扔在赵渊脚下。

竟然是章亮堡的把守张一千。

张一千一身泥污，连眼睛都睁不开，在地上趴着叩头："庶人饶命。"

"你不在大堤上待着，为何在这里？"赵渊问他。

张一千哽咽道："金……金公公要炸大堤，末将听了害怕。可末将也没办法啊，只能跟着他去。可我妻儿家人都在章亮堡啊！我就让下面人少放了些火药，引线还没点着就跑回来了！"

"既然知道金吾要炸大堤，为何不阻拦？就算阻拦不成，回了村子为何不报？"赵渊问他。

"我……我……末将我……"张一千神色仓皇，"大堤将炸，逃命要紧啊！我一家十几口人，还有金银细软……"

陶少川年轻，听了气笑了："你家人的命是命，旁人的命不是命？你这贪生怕死、自私自利的小人！亏你还是个当兵的。"

"我父亲七十有三，还有三房妻妾，五个孩子……把守的家人也是人，把守的命也是命。"张一千哭着喊冤，强辩道。

"还嘴硬！"陶少川一脚将他踹倒在地。

阚玉凤躬身抱拳，问赵渊："请郡王爷处置。"

赵渊看向矮子丘上张一千那一家无损的老小，还有仓皇间摔倒裂开的箱子，里面露出金银细软。

他问阚玉凤："按照大端军法，这种贪生怕死、罔顾百姓性命的苟且偷生之辈，该如何处置？"

阚玉凤回道："按大端兵律，此等主将不固守城池，临阵先退而脱逃者，斩。"

"张一千，你可有话说？"赵渊问他。

张一千一怔，终于意识到赵渊言辞间的决心，巨大的恐惧袭来，他疯狂叩首，痛哭流涕，抖如筛糠："郡王爷饶命！郡王爷饶命啊！"

张一千哭号不止，可陶少川拽着他往前几步去了空旷之地，在他的哭喊声中，拔出腰间的苗刀，一刀往下，他那颗头便滚落在地。

"金吾在大堤上？"赵渊问。

"村民说看着他跟廖逸心去的。"阚玉凤回道。

赵渊行走还不完全自如，他走了几步，臂膀被人搀挽着。

他侧头去看，谢太初不知道何时已走到他身侧，傍着他，让他不至于举步维艰。二人走到了矮子丘边缘，远处的黄河在昏暗的雾气中看不清楚。

气候更加寒冷。天空中零星的雪花变大了。

"金吾已丧心病狂，绝不会就此收手。"赵渊对他道，"得在第二次炸堤前阻止他。"

"好。"

赵渊浅浅一笑，回头对阚玉凤说："凤哥，你挑一百精骑，随我去黄河大堤。"

"是！"阚玉凤回头传令，不消片刻，便已经携陶少川与其余百骑精兵整装待发。

大黑马已经踱步而来，谢太初与赵渊上马。

赵渊摸了摸大黑马的鬃毛："是匹神驹。"

"殿下练好了骑术，未来便可自驾一骑。"谢太初道，"想必大黑也愿意驮着殿下闯北走南。"

他一拽缰绳，大黑马嘶鸣一声，从矮子丘上俯冲而下。后面一百骑精兵亦随后而来。

矮子丘下泥泞深达数尺余，踩上去便要往下陷，可无人畏惧。

大黑马后蹄发力，猛然跃起，在空中划出一道弧线，落在了远处岩石上，然后并不停息，灵巧得犹如插上了双翼，在岩石间来回跳落，随后冲入了已成泥沼的章亮堡，在屋顶上跳跃飞驰，带着身后百来骑冲向黄河大堤！

39

大黑马率领众骑在洪水过境的黄河西岸急驰，不消片刻便已看到了炸开半个豁口的大堤。

与此同时，自北方又有一队骑兵飞驰而来，高挂"步"字大纛，乃步项明的骑兵。

步项明急道："金吾丧心病狂，要炸大堤！"

"我等正是为此而来。"谢太初答他。

两队人马集结一处，转眼便到大堤下。

那豁口中还在涌水，只是坍塌之处并不够大，已被瓦砾堵住。大堤上下有数十人正在重新布置炸药。

金吾正站在大堤之上，周遭站了四五十个私兵看护，大堤外围亦有二三百人。眼看他们来了，私兵已经起了守势，竖起长枪盾牌，将金吾等人团团围住。金吾尖着嗓子在大堤上怒斥："你们是哪里来的兵卒，是不是步项明的兵？"

这一行人早就看过了人间惨状，心中憋着怒火，必要在再炸大堤前将金吾等人制伏，没人与他对话。

然而金吾的私兵装备精良，平日训练有素，人数又众多，以盾牌长枪负隅顽抗，一时竟奈何不得。眼看大堤炸药已经全部装填完毕，有人做了引线将其引到金吾脚下。

此次炸药数量是之前那次的数倍。

若大堤被炸，莫说堤上数百人，整个宁庆镇必定生灵涂炭。

廖逸心扬起火把，便要点燃引线，就在此时，一支羽箭瞬息而至，射下他手中的火把。

众人去看。

谢太初放下弓箭，他身前赵渊亦落在了金吾眼中。

"赵渊你一个被废的庶人，哪里来的兵？这是要造反！"金吾质问。

赵渊并不理睬，他环顾四周，急观战况。

"现下鞑娄铁骑已冲过宁北关，都是有血性的汉子，不去杀敌保卫家园，却非要做这亲者痛仇者快的事吗？背后就是宁庆镇四十七堡，全是平头百姓！炸了大堤，这后面数十万人就要死！"赵渊大声疾呼，"谁炸大堤，便是宁庆的千古罪人！"

那些私兵多是宁庆本地人，被说中了心思，自然气势便短了两分。

谢太初已经瞅准时机，拔出长剑，催马跃入人群，寒光闪烁间，鲜血飞溅。私兵竟然被他硬生生撕裂出一条口子。

步项明、阚玉凤与陶少川紧跟在后，从口子里一拥而上，冲入人群，左右劈砍，丝毫不顾及刀枪无眼。

私兵阵型已散，军心动摇。

"放下兵器，饶尔等不死！"赵渊又道。

"郡王爷有令！放下兵器，饶尔等不死！"阚玉凤大喊。

他喊声一起，所跟来的铁骑纷纷嚷嚷起来："郡王爷饶尔等不死。"

铁骑这般不要命,已然让人怕了。又被质疑炸堤之事是倒行逆施,更是少了底气,私兵便似洪水一般轰然溃散。

大黑马一跃而起,踩着私兵们的盾牌,几个跳跃便冲上了大堤。

"廖逸心,快点炸药!"金吾后退下令。

可周遭自家私兵全都散开,与敌人混在了一处。

"来人,给我拦住!拦住!"金吾在乱斗中慌乱道,可并没有什么用,谁敢拦?

私兵分开两侧,中间畅行无阻。

谢太初已经策马上前,不等金吾及周围私兵反应,提马便踏,将他踹倒在地。

与此同时,廖逸心亦被阚玉凤压倒,剩余在装炸药的众人已经被纷纷制伏。大堤上的火把被统统扔进了黄河。

金吾在地上打了几个滚才停下来,他头晕眼花,狼狈不堪,半响才被人拽了起来,他也不看是谁,一把甩开拽住他的人的手臂。

"咱家是宁庆的监军太监,监礼司正经的差遣大臣,身份尊贵!手里拿着圣旨!谁敢冒犯咱家便是冒犯天威!回头就定你个大逆不道的死罪!"金吾怒道。

周围士兵便都停了下来,原地踌躇,无人敢再上前。

他踉跄走了两步,眩晕的感觉终于渐去,瞧清楚了周围那一圈有所忌惮的士兵,得意地大笑起来:"咱家现在便要炸大堤御敌。谁敢阻拦！"

赵渊已在谢太初的搀扶中下马，瞧见金吾张狂肆意，顺势便拔出谢太初腰间的短剑。

赵渊松开谢太初，一瘸一拐地上前。

他腿脚虽然并不利索，可内心却坚定之极。

步项明早就对金吾厌恶至极，见赵渊此等姿态，已率先冲上去押着金吾，反拧其手臂。

金吾怒斥："你们胆大包——"

他话音未落，赵渊一剑插入了他脖下三寸处，金吾脸色大变疯狂挣扎。

赵渊并不手软，双手压着剑柄缓缓深入，直到剑刃穿透喉咙，接着金吾的血便飞溅在周遭人身上。

等步项明松了手，金吾便软倒跪趴在地，嘴里再无法吐露出言辞。

"你若想问为何我竟敢杀你，不如问问自己，做了何等丧尽天良之事。"赵渊说完这话，拔出他脖颈上的剑。

"殿下杀了金吾，冒犯了天威。"谢太初上前，从怀中掏出白帕子，擦拭他手中的鲜血，"殿下可想清楚了，杀了宁庆的督军，便无法再偏安一隅，乱世偷生。"

"皇权天威不是免死金牌。"赵渊回过神来，他抬头看谢太初，"我不能，也不应该在此时袖手旁观。真人，你又想说天道无亲吗？"

"不……"谢太初抬头看他，"殿下的选择，与天道何干？"

言语间，步项明已行至大堤边，表情凝重地看着北方："鞑娄人过来了。"

他话音刚落，便听见了震耳欲聋的马蹄声。自天边出现了一条黑线，那黑线又迅速扩张蔓延，转瞬成了覆盖在地上的一片。

是鞑娄骑兵。他们是草原上的噩梦与霸主，让人望风而逃。

从褐海到奴尔干司，骁勇的鞑娄人靠着铁骑踏着各民族的尸骨，冲入了无数城池，掠夺了难以计数的财富。

大端为了抵御他们，建立起了边墙，让自己的皇室血脉驻守北方。这三百多年来，还未曾有鞑娄人入大端疆域如此之深。

鞑娄人的军队像是铁板，向前碾压，所过之处生灵涂炭。

疆土被人侵占，钱粮任人掠夺，人命被肆意践踏。

步项明猛击大堤围墙恨声道："金吾贼人贻误战机！从此再无宁庆前卫了！"

"还没完。"赵渊看着远处的敌人，喃喃道。

士兵中有人已忍不住低声抽泣。

"前后卫军队未到，宁庆镇空虚。鞑娄人继续往前，明日就能抵达天州。"有士兵哽咽道，"这一路要死多少人，毁多少村子。"

赵渊思索片刻，手中拿着魔剑在围墙上刻画宁庆前卫的地图，道："步将军，宁庆镇内兵力调动如何？鞑娄弓骑兵虽然神速，然而如此迅速地深入宁庆镇，便已有疲态。若调兵沿泠州一线布局，有可能将鞑娄人拦在泠州前……若将他压在泠州，待我中卫后卫援军一到，届时战局扭转，胜败尚未可知。"

"你把鞑娄人想得太简单了。"步项明摇头,"也兴敢带两万人长驱直入宁庆境内,必定已有后手。我之前虽然已得到了金吾调令,可如今的鞑娄人来,巡司懦弱,宁庆镇的三万兵力便被压在了城内。而前卫、后卫两地,虽暂时未得到军情,定会有蛮子牵制军力,如此一来,也兴能捆死宁庆镇。宁庆前、中、后三卫兵力无法支援,而泠州驻兵不过五千。只要他们速度足够,便可长驱直入,破泠州而抵天州。"

赵渊陷入沉思。

此时,他前十二载在关平受父亲熏陶的经历、十余载在京城练就的敏锐的直觉、谒陵之乱后所遭遇的一切,还有来宁庆后的种种对弈训练……苦难的、悲痛的、撕裂的、不甘心的、孜孜以求的……这些过往种种,让他思路越来越开阔。此役转瞬即逝的战机已在他胸中成了轮廓。

"若我们将也兴拖在泠州呢?"赵渊问。

"殿下什么意思?"

"如今我们急,也兴更急。"赵渊道,"他冒险深入敌疆,稍有延误便要命丧此处,无异于破釜沉舟。士气便是由此而来。"

"可所谓士气,一鼓作气,再而衰,三而竭。若以少量兵力,将他们压在泠州清浦河与黄河交汇一线,大规模弓骑兵的优势便少了三分。他们攻不下泠州,就无法拿下天州。此时,背后被他们绕过去的宁庆镇变成了心头之患,若此时后有援兵抵达,也兴若还想求活便只能自退。"

"泠州,决不可退。一战可定胜负。"赵渊道。

"援军……"步项明负手踱步,"中后卫的援军来不了。中后卫无法驰援是也兴此次速战最大的底气。他父亲吉墨的人马一定去了中后卫钳制我军调度。"

"只剩下宁庆镇了,宁庆镇还有三万兵力,加上金吾和娄震的私兵,更是近四万,可与蛮子军一战。"步项明说这话时眉心紧蹙,"只是如今宁庆镇群龙无首,人数虽多,不过一盘散沙,我来得急,但亲兵不过五百,怕是难以冲破重围,对宁庆驰援。"

步项明叹息一声:"宁庆镇之兵力可解泠州燃眉之急,可宁庆镇之急何兵可解?"

赵渊道:"这倒不难。"

步项明诧异:"还有什么兵力可用吗?"

赵渊遂问阚玉凤:"两千亲兵到了何处?"

"按照速度此时已过黄峡口。"阚玉凤道。

"令队伍驰援宁庆镇。诸堡诸卫所定还有被鞑娄冲散的兵力,沿途收拢溃散兵力,整编成队,以咱们的人统率之。"赵渊道,"与步将军军队在磊福堡附近会合。"

"得令。"阚玉凤领命,犹豫了一下道,"如此便让少川留下来护卫殿下安全吧。"

陶少川急了:"哥,我和你去!"

"不要胡闹,军令如山!"阚玉凤斥责道,"你忘了你如何答应老王爷的吗?"

陶少川红了眼眶,抱拳道:"陶少川领命。"

见陶少川不再桀骜,阚玉凤这才躬身对赵渊说:"我领福王令,效忠殿下。如今刀剑无眼,宁庆凶险,殿下万金之躯,无论如何要稳妥行事。"

"我会的。"

"殿下也拜托凝善道长了。"他又对谢太初嘱托道。

谢太初回礼:"请少将军放心,我定竭尽全力护佑殿下。"

步项明此时却眉心紧蹙,依然有些愁容。

"步将军可担忧前方泠州无将镇守?"谢太初开口问。

步项明一怔道:"道长竟知我心意?"

"将军无须担忧。宁庆前卫四十七堡,骁勇将士甚多。"谢太初道,"步将军想想。"

步项明凝眉思考片刻,抬头问:"道长想说谁?"

"步遣兵旗下参将,驻守泉玉营的萧绛。"

步项明恍然:"萧绛,萧贺君!他原本是宁庆副遣兵,自视甚高,桀骜不驯,更看不上谄媚阿谀之行径,早早被金吾贬为参将,派去守泉玉营了。"

"泉玉营就在泠州附近,以萧将军骁勇和在军中的威望,领导泠州众将领定能众志成城,将两万铁骑拦在黄河以西。"

"好好好!"步项明拍手称赞,"道长眼光锐利,就是萧绛了!"

他从腰间拽下自己的牙牌,又割下衣摆,割破手指写书信一封,以遣兵私印盖之,包裹着牙牌塞给谢太初。

他与阚玉凤点将编队,分别上马。

步项明抱拳朗声道:"我与阚将军便往西去,驰援宁庆镇。泠州及天州,还有身后千万百姓,便拜托二位了!"

赵渊二人回礼。

赵渊道："天下兴亡，匹夫有责。如今宁庆有难，无人可独善其身。我等定竭尽所能守住泠州，等待将军带援兵而来。"

"好！"步项明大喊一声，"告辞了！"

步项明一挥手，骑兵队伍便沿着黄河大堤向北而去。又在远处分成了两队人马，向着不同的方向，带着不同的使命离开。

远处鞑娄的铁骑犹如黑云向着宁庆镇方向飘去，喊杀声似乎也远去。

过了半晌，赵渊回头看向身后众人。

远处是近百名骑兵，再近一些的是陶少川手扶腰间苗刀，警惕地护卫。在他身侧的则是谢太初。

赵渊有一时的恍惚。

"殿下可准备妥当了？"谢太初问他，"殿下想好了？"

赵渊回看他，眼神逐渐坚毅。

身后是近百万手无寸铁的大端子民，容不得他伤春悲秋。

伏尸百万，只配作权柄点缀。流血漂橹，抵不过皇权庄严。

匹夫一怒，不过血溅三尺。上达不了天听，更玷污不了高坐庙堂中的那些人们的衣摆。

天地不仁，以万物为刍狗。圣人不仁，以百姓为刍狗。

数千、数万、数百万人的死亡又如何？他们不在乎一个蝼蚁的性命，更不会关心下一刻就灰飞烟灭的尘埃。

"我想好了。"赵渊回答。

为了这个答案，他浮萍于世，无家可归，亲人几无。

为了这个答案,他坠落尘埃,衣不蔽体,食不果腹。

为了这个答案,他经过战乱,见过杀戮,亦手刃敌虏。

"你说天道无亲。我想明白了。天无怜人之意,人自怜之。天无善人之仁,人自善之。"

"天道无亲,可斯人有亲。"赵渊看向谢太初坚毅道,"这,便是我的答案。"

40

赵渊一行人顺黄河大堤一路南下,直奔泠州而去。

原本水土丰饶的"塞上江南"已变了模样,鞑娄人的铁骑刚过,皆是军户所在的村落,多有奋起杀敌的痕迹。

然而尸横遍野,活人也几无。

尸体上停满了不知道从哪里飞来的乌鸦。曾经喧嚣的城镇只剩下了寒风呼啸。

风雪大了起来,苍穹下的血腥被白色覆盖,却依然无法遮掩鞑娄人的暴行。

屠城并非因为鞑娄人生性残暴,只是在战争中绝不能对敌人有任何怜悯。

他们靠着牧民喂养的骏马在广阔疆域里驰骋,每个鞑娄兵出征时,都带着三五匹可供替换的战马。在急行军的时候,马休人不休，使得他们可日夜兼程，以远超其他骑兵的速度抵达目的地。

这种方式使军粮马草消耗巨大，所以他们除了自带的牛羊可作为食物供给，更会杀光所到之处的每一个人，掠夺当地的物资，以免去后顾之忧。

羽箭是留在这些尸体上最常见的武器，不只是这一次的黑羽箭。在之前金吾也许曾经贩卖过无数其他羽箭给鞑娄人。

赵渊从这些尸体旁飞驰而过的时候在想，这些箭甚至是死去的人亲手制作的。

越往泠州方向去，鞑娄人的身影便越多。

二百人的骑兵憋着仇恨的怒火，将这些落单的鞑娄人就地绞杀。没人有什么更多的话交流。

命令变得简洁。兵器上的血没有干过。

为了去泉玉营将军令交给萧绛，赵渊与谢太初决定避开鞑娄主力，带领众人跨过黄河，绕道忠吴县。

在黄河上找到了几条船，准备渡河的时候，鲜血染红了清澈的黄河水。

无数尸首从上游漂而来，没有护具，都是平头百姓。

大家在船上看着那些面目模糊的尸身，没人说话。过了许久，不知道谁呜咽了一声，哭了出来，所有人开始抽泣。

三百多年来，寰宇内的第一帝国，犹如巨人般屹立在东方沃土上的大端，竟也有一日脆弱得不堪一击，任外族蹂躏宰割。

这是从未有过的屈辱，也是从未尝过的创痛。每个人的心头上,都有撕裂般的伤痛,非以血还血、以牙还牙不可痊愈。

赵渊上岸后,才得到探子来报,靺娄人踏平了黄河北岸,刚邵、宋城、俊李三堡沦陷。与此同时,忠吴正在被也兴的迁户营骑兵袭击,城门已破,蛮子入城了,已与大端军队展开巷战。

女人们和男人们一起被拖到黄河旁边砍头。自凌晨时分抵达,如今数千人已经被砍得差不多了。尸体顺黄河往下,大部分的头颅被堆积在岸边,然后被付之一炬。

赵渊他们快马加鞭奔向忠吴的时候,还能瞥见巨大的火焰,空气中焦糊的味道,令人作呕。

再远一些,靺娄人已经安营扎寨,密密麻麻望不到头的白色帐篷像是深夜的梦魇,给人留下无法摆脱的绝望和恐惧。

"怕吗?"谢太初问他。

赵渊深吸了一口气,眼前血雾弥漫。

"怕。"他说。

怕赶不上,怕贻误战机,怕不够强大以至于无法多救一个人。

翻过前面几个丘陵,忠吴便已出现在眼前,此时天色已经渐暗,雪停了,可寒风依然呼啸。

忠吴县城城门大开,靺娄军队只留下零星几个巡逻的哨兵。

"已经在屠城了。"直拔来报,"带头的是也兴骑兵十二营的都鲁满。"

"我们原本只有两百骑,阙将军走的时候又点了五十骑。"下面一个总骑道,"连夜赶路,没有马匹替换,如今已是人困马乏,不是靺娄人对手。应拿步将军令牌去泠州调兵过来。"

"朱全昌，平日不是自称军营第一勇士吗？这会儿却这般模样！"队伍里有其他总骑骂他。

"那边儿带了一个千护骑兵营，我们这些人去也就是个送死的命。咱们的目的是去泉玉营，不是在这里跟鞑娄人斗。"叫朱全昌的总骑有些不高兴地嚷嚷，"说我老朱尿的，你也好不到哪儿去！陶将军，你看怎么办？"

陶少川瞥了他一眼，道："如今咱们都听郡王号令，郡王要咱们杀就杀，要走就走。你问我干什么？"

朱全昌在陶少川这里碰了个软钉子，哑了一会儿，问："郡王爷如何看？"

"泠州调不来人。"赵渊说，"我们都是生面孔，就算拿着步将军的牙牌，昏暗之下怎么看得清？如今鞑娄人就在河对岸，他们不会冒险开城门。"

"那……那忠吴县城里的人就不管了？"人群里有人嚷嚷。

"不。"赵渊说，"我们救。"

"可他们有一千骑兵，我们根本不是对手。"

"没有那么多骑兵。"赵渊打断了朱全昌的话，"入城了巷战，骑兵是发挥不出优势的，剩下的全是步兵。在马上，我们大端军人是没有鞑娄人的优势，可是在咱们大端县城里，咱们比他们熟悉得多，未必没有打赢的可能。"

"如今忠吴屠城，不走忠吴便到不了泉玉营，到不了泉玉营便无法将步将军的军令送抵萧绛处！泠州城破，天州城危，则大端山河拱手相让。我们不能做这样的罪人，必须要入忠吴！"

赵渊扬声道。

"我不强求，谁人怕死，可退避归家。谁人愿往，与我同去！"

"福王亲兵没有怕死的！"朱全昌第一个嚷道，"殿下要去，我们随您去！"

"胡说什么呢，我们现在是郡王的亲兵！"之前骂朱全昌的那个总骑说，"同去！随殿下去！"

众人中陆续有人答复："对！我们不怕死！与您同去！"

"同去！"

"杀蛮子！救忠吴！"

赵渊热泪盈眶，回头去看谢太初。

"殿下要救他们？"谢太初平静地开口。

"能救一人救一人，能救几人救几人。"赵渊道，"我没有真人那般可窥天道的修为，也没有强大到可以力挽狂澜……只是做不到袖手旁观，力所能及而已。"

谢太初看着他，从怀中将那柄剑取出，别在自己腰间。

"真人若不愿涉险，便袖手旁观吧。这本与您也无关。"赵渊说，"我自与少川等人去。"

"不……殿下误会了。"谢太初将他搀扶下马，"殿下尊贵，便在这里远观战局吧。"

谢太初拽了拽大黑马的缰绳，缓缓拔出了双剑。

"我与诸位将士同入忠吴。为殿下荡平敌寇，扫清前路。"

番外

春风

狄英掀开帘子，抬头去看巍峨的宫门。

她见惯了宁庆一览无余的模样，如今再瞧这宏伟的建筑，一时怔忡。

"这就是京城？"她回头去问护送她抵京的百余人队伍，"这就是皇宫？我哥，就住在这里吗？"

带头的百户长路上早与她混熟了，笑道："是啊，这便是京城了，入了这皇和门，里面便是皇帝的居所。皇上就住在这里，您来了，也住在里面。长公主。"

"叫我吗？长公主？"狄英诧异。

"您是皇帝的妹妹，不是叫您又是叫谁？"百户长笑着跟她解释，"我们一会儿便送到前面了，不能进去。宫里有其他人来接你。"

狄英在宁庆的时候，被一道圣旨册封了长公主，天降的好事一下把她砸蒙了。

曾经于微末之时认下的兄妹，最后竟然带来了这样的际遇。

狄英在浑浑噩噩中,被护送到京城入碟文进宗册。

她从小到大没有行过这么远的路。一路好不容易跟百户长等人混熟了,又到了分别的时候,竟然有些舍不得。

穿过皇和门下门洞的时候,她心底还有些忐忑,不知道来接她的人是谁,然而再走过去,便见那光芒下,有一个伟岸的身影站立。

英子熟悉这个身影,她一喜,从车上跳下来,看着来人道:"谢真人!"

站在那里等待她的,正是谢太初。

比起一年前冷峻如刀的模样,此时的谢太初已有所改变,整个人变得内敛而温和,再没有那些刀一般的锋芒,唯有一身黑衣不变。

见狄英来了,谢太初面露笑容,上前行礼道:"长公主一路辛苦了。"

狄英遇见熟人,一声长公主就有些不自在,连忙挥手道:"不辛苦不辛苦。"

早有宫人安排了步辇过来等候,狄英有些手足无措,对他说:"别了,走走吧。闷得慌。"

谢太初说了声好,迎她入内,与她一同在宫殿间行走。

"真人……我……"

"我如今做些词典修撰的活计。"谢太初道,"不用再唤我真人。"

"那……道长,哥……不,我是说皇上呢?我什么时候能见着皇上？"

"陛下忙于朝政，待散了朝，晚上回来与你一同吃饭。"

"哦……我……我是个什么安排？"狄英鼓起勇气问。

"其实本不用烦劳你来一趟京城。只是陛下总觉得，既然要出嫁，总是要风风光光，才算是他的妹妹。"

"出嫁，我？"

"是。长公主也到了婚龄，陛下一直操心着，总要把你托付给良人才算放心。这次册封也是因此。"

狄英有些急了："我的婚事我自己做主！我可不要随便嫁给什么人呢。我……我晚上自己跟皇上说。"

谢太初眼中带了笑意："这样吗？那我奏明陛下，便不要再考虑陶少川了吧。"

"等等，谁？"

"陶将军，陶少川。"

"不不，如果是少川，我们本来就要——"狄英脱口而出，然后愣了愣，脸一下子就红了。

谢太初笑道："早就听说少川与你书信来往不断，都一年多了，却没有一个下文。陛下着急得很，怕你们这般蹉跎，耽误了姻缘，所以要推上一把。"

狄英瞧着谢太初有些笑意的眼眸，不知道为什么，那些来京城时心中的忐忑和紧张，一并烟消云散。脸大概是红了，可是心情也好了起来，于是也笑道："道长，你捉弄人。"

"我怎么敢捉弄长公主。"

他们在一道朱红色的宫墙处停下来,陶少川已等了一阵子了,看看谢太初,然后便盯着狄英再移不开眼。

此时阳光正好,暖洋洋的。

柳树被风吹拂,轻轻地从朱墙边掠过,少年人在树下早将满腔的相思用眼神传递了无数次。

那些雀跃的心思,像是燕子,在云端来回灵巧地穿梭。

谢太初轻轻咳嗽了一声,含笑道:"忽然想起来我还有事。少川,麻烦你送长公主去瑞秀宫的居所。"

陶少川不挪眼地应了一声好。

谢太初心领神会,也不再逗留,脚步轻快地离开了。他在春风里一路从皇和殿前走过,直到进了毓心殿后殿,脚步才慢了下来。

海棠花开得灿烂。

严双林安排掌殿的太监们抬了罗汉床出来,放在海棠花丛下,此时大端朝的皇帝,曾经的乐安郡王赵渊正半靠在床上小憩,他手里拿着封已展开的信,似乎看完了,落在衣襟处。

谢太初走上前,将薄纱被轻轻为他盖上,却没想赵渊便醒了。

"时间还早,再睡一会儿。"谢太初对他说。

赵渊摇了摇头,坐了起来,问:"英子入宫了吗?"

"已经交给少川了。"谢太初笑道,"少川送她去居所。明日待去太庙告诉祖先,再上碟文入御林宬,便可以下圣旨给他们两个人赐婚了。"

赵渊点点头，拿起手边那封信："是阚玉凤差人送来的。"

"哦？说了什么？"

"他在宣城做遣兵，前几日九娘子来了宣城，缠着他不放，让他很是烦恼。"赵渊有些好笑道。

"他真的烦恼吗？"

赵渊仔细想了想："好像也没有。信中最后恳请我原谅他守不住自己的心，便是知道九娘子永远不会与他真正成为夫妻，也要与她在一起。"

谢太初哑然。

此时严双林端着茶上来，放在小几上，缓缓斟满茶杯，道："阚将军素来谨慎，如此这般不顾一切，想来是真的仰慕九娘子。能在一起，便很好了。"

"是啊，很好。"

赵渊去看严双林。

此时的严双林，已经褪去了所有的青涩，也许是因为这几年的沉浮，早已发丝灰白。他在衷心祝福阚玉凤与九娘子时，是否想起了沈逐？

无人知晓。

待散了朝，瞧着诸位大臣们缓缓离去，身影消失在毓心殿的影壁后，赵渊起身走出大殿，在抱厦下站立。

暖风徐徐而来，他闭眼，像是享受这片刻的宁静，再睁眼时，谢太初已然站他的身侧。

"陛下在想些什么？"谢太初问他。

"想起两年前的人和事。"赵渊道，"还有我，还有你。一时间有点恍惚，又有点庆幸……不过我始终没想明白，天底下，真的有命数吗？又真的能逆天改命吗？我们真的成功了吗？未来、万代、苍生……都会安宁吗？"

谢太初眼神深邃，盯着眼前人，过了好一会儿，他说："我也曾困扰于这个问题，可是后来并不想了。"

"为什么？"

"现在的人与事，都得到了安宁。天下太平，再无战乱。不知道这样的日子能持续多久，也许很短暂，也许很漫长。可是无论如何，我们都尽力了，不是吗？"谢太初道，"与你站在此地，此时此刻，再无更满足的一瞬。便足够了。"

赵渊笑了起来，他的笑与春风一般温暖。

"你说得对，太初。足够了。"

一切都刚刚好。

足够了。